中国年度作品 2019

诗歌

林莽——主编
中国当代文学研究会诗歌委员会 选编

中国出版集团 现代出版社

目　录

一棵失败的卷心菜

阿　华

一棵失败的卷心菜，把家安在了梨树镇

她上班，读书，散步，看星星
灯光下，一个人想着
另一个人

冬天的大地上全是枯枝败叶，积雪下面
覆盖着厚厚的灰尘

……那些年，她喜欢将开未开的
芍药花苞，也喜欢六月莲灿，九月棉白
十二月，大雪覆盖着河边的芦苇荡

……那些年，木耳在雨水里
长大，风从地上带走多余的草籽
她用清水煮粥，慢慢等一个人回家

如今，她没有爱来抵抗寒冷了
只好用蜜来修饰悲伤
星空下，她一个人，暗自垂泪

一棵失败的卷心菜，把家安在了梨树镇

她想要的东西，都在上帝手上
属于她的只有流过的泪

和受过的伤

（原载《诗探索》2019 年第 1 辑）

降　雪

阿　华

大雪落在草地上
牧场不见了，青稞不见了

大雪落在草地上
淙淙流淌的溪水也不见了

房东家墙壁上的木板，在雪天
突然流出了眼泪

——那金色的树脂，多像
一个人眼里晶莹的泪滴

据说这木头来自阿尔泰山南麓
据说木头也有怀乡病

（原载《诗刊》2019 年第 4 期下半月刊）

我还是我自己的敌人

阿　华

酒喝多了又有什么关系

暮色允许我将两岸的青山用孤独代替

白天见过的游鱼，已在夜晚归于沉寂
但它小小的鳃里，还张合着对同类的想念
几公里以外，一只蝉在做最后的蜕皮
成虫从幼虫的壳套里钻了出来
和它一样，我也需要从另外的身体里出走
魂魄里要加入些苦难的重量

但现在，我还是我自己的敌人
紧张，慌乱，溃不成军
在岁月面前，过着凡夫俗子的市井生活
有限的躯壳里装不下内心的浩大

（原载《诗探索》2019 年第 1 辑）

看到第几条你哭了

阿　华

你问我过得好不好，我说我很好

“什么是很好？”

就是风筝和蝴蝶都有去向。一切
都有了新希望

就是我开始认真生活，准备去找
你藏起来的糖果

"你看，我过得很好呢"

我把喜欢的歌，听了又听
我把走失的你，想了又想

秋天的叶和果，都走在归仓的
路上，一只蚂蚁告诉我
——爱以不同的方式存在，并不是
每一种都放了糖

（原载《文学港》2019年第8期）

渚龙河

阿　民

据说越美的花朵枯萎得越快
那些已经消失的事物
肯定都具有非凡的力量
而且，消失得越快
力量就越大，消失得越久
就越有神性，比如

风暴后的彩虹，比如
排山倒海的巨浪，比如
龙开出来的河道，比如
定格的水鸟、鱼虾，比如
远去的船桅、帆影，比如
心有不甘但最后倒下的英雄

奋力掷出的长矛，穿透
岁月，将野性融进血脉，
将城池筑在传说，将水
还给大海，将猪化作龙
将龙化作因缘，化作觉悟
化作彼岸与净土的图腾

（原载《雄安文学》2019年第1期）

一 堂 课

阿 民

那堂课至今历历在目
老师用一个放大镜
把窗外挤进来的阳光聚集
那个点越来越小却越来越亮

那一刻至今记忆犹新
那突然冒出的烟
突然跳起的火苗
和越来越耀眼的摇曳

那堂课最后只剩下一点
可以忽略不计的灰烬
还有一群开始目瞪口呆
后来才缓过神来的孩子

还好，当时那只是一张废纸

而且在众目睽睽之下……

（原载《雄安文学》2019年第2期）

在吾乡，雨是寻常事

安 琪

我见过少年的雨
在我和妹妹共用的一把黄色帆布伞上
跳来跳去，跳来跳去
泥泞的小坑头泥巴路，泥土吱吱
从我们的脚缝里挤出
穷人的孩子
舍不得在雨中穿鞋
四只脚掌噼啪作响
四只白嫩的脚掌，在小坑头泥泞的
泥巴路上噼啪作响。泥土吱吱
从它们的脚缝里挤出
雨水中的姐妹俩
雨水中的四只手，你争我抢，一把伞
遮不住两个人

那少年的雨还在小坑头
那少年的雨还在寻找那把黄色帆布伞
那少年的雨不知道
姐妹俩已被时间推出少年，推入青年
推到中年，她们还将被时间推进老年
最终她们，将要被时间，推出时间——

那少年的雨不知道!

（原载《时代文学》2019 年第 2 期）

延安北夜市

安　琪

夜幕降临
魔术般涌出延安北大道的夜市
竹竿
与竹竿搭建而成的简易夜市，电线牵来
光明的夜市，也是漳州百姓活命养生的夜市

T 恤牛仔裤的夜市
被套被单床上用品的夜市
首饰发夹护肤美颜的夜市
陶瓷木刻铝件小工艺品的夜市
13 岁女生 50 岁大婶都能找到自己所爱的夜市
我的延安北夜市

我无数次把自行车架在一旁东挑西选的夜市
度我年少忧伤的夜市
赵木泉陈稻惠陈恋英张志忠冯凤锦陈建民
和我的夜市：往冰激凌的方向走去
就能遇到我们
一口咬下去牙齿都要被冻掉的青春
就能遇到我们的笑声，无邪。
往金福小区走去，就能遇到黑色纵情摩托车上的
黄长春，他又出发

去赴他最爱的酒局他自我感觉永远良好
一点也不像 70 岁
他是我父亲

延安北夜市，铁打的夜市流水的人间
当我从北京回到漳州，我还在
青春不在。夜市还在
父亲不在。

（原载《草堂》诗刊 2019 年第 4 期）

有时不是我在写诗

白 玛

不是我，不是我，是故乡那个游走四方的说唱艺人
指挥我写。是从前的小河，从前的香椿树写的
是号令第一声鸡啼的清晨之神写的
是那个脸颊涂着爱情胭脂的女子写的
是赶往乡村集市的一只心事重重的山羊写的
午夜赤脚走在临海小镇石板路上的海妖
也许就是她写的。是久藏的痛楚和掩不住的欢欣
借我之手写的。是你明明爱我，却不说，故意让我写的

（原载《诗刊》2019 年第 2 期下半月刊）

自 白

白 玛

我 39 岁，女，像矮灌木丛一般高

健康状况良好。正直、胆小，沉默寡言
为日月星辰秘密打造。不过是万物之一物，
来到大地上，沦落为黑夜的鼓手，演奏忧伤那一章

（原载《诗探索》2019 年第 1 辑）

春天！恕我

白　玛

啊春天！恕我饶舌，恕我多情
藏不住锋芒，还有一劳永逸的私心
恕我对死亡缺少畏惧
恕我对明晃晃的世界抱有怀疑

啊春天！恕我贪杯、放荡
恕我对不守信的命运吐口水，我说：呸
恕我对明枪暗箭无能抵挡
春天里成吨的爱情抛弃我，恕我不掩忧伤

（原载《诗探索》2019 年第 1 辑）

咖啡馆之歌

白　玛

我是这怀着绝技的女子。走路模仿一头美丽豹子
我还是易逝的光与影：仿佛成为过去
仿佛成为叹息——我还是那自杀的借口
是谁人的前世。把自己出卖给薄暮时分

我依附于你，钟情于你，饮下你
散发热带水果的腐烂气味
我依然拥有这鲜活的心跳、这皮肤带着水分
我依然带着宿敌的意味，一点点的仇，一点点冷去

“很多年前我出现在这里
像绿色大个子野兽出没在言情里
很多年前有一个我走近这咖啡馆
这迷人的暗夜咖啡馆——”

（原载《诗探索》2019年第1辑）

灯燃亮以后

白庆国

那个影子在我眼前消失以后
墙壁上的一盏油灯就亮了
那么小的灯头
不知何时把半个墙壁熏得黢黑
灯影里两个崎岖的头颅交谈了一会儿
小灯光把他们的影子印在对面的墙壁上很大，很高
但在白天，我从来没有见过他们如此高大
他们谈论的事情，我已经听了上百遍了
总是重复
就像每一个到来的春天
多一片草叶或少一片草叶
我在隔壁充满黑色的房间发呆
对于极度熟识的房间不需要灯光

我这样已经度过了三十个春秋
父母的交谈还在继续
他们无视我的存在
如果遇到重要事情
他们像两尊雕塑一样
不说一句话
面对灯光下的一个暗处
发呆

（原载《诗刊》2019 年第 7 期上半月刊）

偌大的田野上，我们的爱情无立锥之地

白庆国

我们总是最后离开田野
夕阳下山的时候
人们陆续回家

我们的爱情开始了
我们背对着村庄
背对着那么多似利剑的目光
坐在田埂上
我们的爱情是危险的
冒险而不盲目

此时夕光正照耀我们的双脚
我们一再矜持
双脚友好地并排在那里
而目光已伸向远方

那是理想的地方
我们暂时还没有找到办法
两只鸟从眼前迅疾滑过
隐没在远处的草丛
两只翅膀是我们最羡慕的
薄暮的时光被天空遮蔽
我们沿小路返回村庄
像两个失败的接头人
悄无声息

（原戴《文学卷》2019年第6期）

我喜欢黑暗中闪光的事物

白庆国

我喜欢黑暗中闪光的事物
在白昼他们不容易被发现
他们的光被其他的光掩盖
因为极其微小
他们是农民、母亲、针、草籽、铧犁以及父亲的烟锅
只有在黑暗中你才能看见他们
默默地发出本身的光
照亮针织、布匹以及衰老的皱纹
我看见母亲的手在黑暗中抖动
还看见父亲因生活中的一件小事
陷入深深的思考

我看见草籽在做梦
一棵草一生要走多远的路
才能留下更多的草籽

一棵草要飞多高
才能留下草香

只有在黑暗中你才能看见他们
无论你居住在哪里
只要安静地面向故乡
只要凝视
只要你能控制住泪水
就能看见他们

（原载《诗刊》2019年第7期上半月刊）

我把爱情用完了

川　美

我把爱情用完了
正如我把银子用完了
偏偏，银子还剩些
正如日子还剩些
而一枚银币怎换得一枚银月亮？

我把爱情用完了
像小时候，我把糖吃完了
眼巴巴地看着别人舌尖儿上的甜

我把爱情用完了
两手空空，看别人爱
有时低头，像悔过之人
检讨从前大手大脚

检讨——曾经富有而不懂俭省

我把爱情用完了
无事可做。待在屋里画玫瑰
我怕出门遇见你，怕你提起从前的旧债

（原载《星星》2019年第8期上旬刊）

麻雀们

川美

这一刻，我将树叶的哲学抛在脑后
专注地看一群麻雀在草地上双脚跳
像羊一样，边走路边食草籽
警觉地摆动小脑袋上的黑眼珠
你走近，就一齐呼地飞起来
飞进灌木丛，像小孩子玩捉迷藏

一只麻雀与另一只、另十只百只
多么一样！不仅如此
城里公园的这一群，就是乡间麦地的那一群
小时候我用谷穗喂养过的那一只
和你用弹弓打落的那一只，也在里面
我对灵魂的事突然乐观起来。相信
麻雀们要么从没死过永远不死
要么死后复活并复制一百个替身

（原载《浙江诗人》2019年第6期）

那时，雨还在下（之三）

川　美

麻雀们不再喧闹
它们安静地待在树丛里，隔着树叶
向外张望——如我，隔着窗子

一只猫在草坪上漫步
不慌不忙的样子，似乎忘了下雨
而想起一匹豹子和辽阔的草原

我读着古埃及诗篇《宛如莲花》
你的明信片像一枚花瓣
从诗集里落下来

又一次看见我们在雨中追逐
把游上岸的卵石扔回大海
连同家门的钥匙，我们笑出了眼泪

过去发生的事从未消失吗，思科博士?
过去的雨重又下在今天
而我——唯有回忆恍然重现

（原载《西部》2019 年第 3 期）

夜幕降临

川　美

夜幕降临，大地上

一切事物都安静地低下头
在灰暗的阴影里
抱住自己，想着之后该做的事
一匹回家的小马和一座无家可归的山丘
看起来，有一样多的孤独

此时，如果我是站在旷野中
那远离密林的孤单的树
我该多么惶恐！如果
我是那只脱离鸟群的孤单的鸦
我的叫声会更凉、更大
如果，是山路上
突然亮起的一盏车灯
将一半为了照亮儿，一半为了壮胆儿

而当夜幕降临，我刚好
幸福地，坐在火车上
和一些素不相识的人在一起
火车，一路亮着灯盏，替我们
跟远近闪烁的灯火打招呼
一整夜，我们经过许多城市和乡村
在每一个停靠的站台
捎上赶夜路的人

（原载《诗林》2019年第1期）

野山坡

陈　亮

与众多的游人不同，下山的时候

我选择了一条驴友小路，在路边
一面向阳的坡上向导指认出一些
獾的窝或野兔的窝
洞口边上有一丛丛的野花紧密簇拥着

洞口幽深而神秘，我有些手痒
打开了手机上的灯照了进去
竟传出了呦呦的恐惧的幼崽之声

不禁为自己的冒失或唐突的造访
而自责脸红起来
——遂仓皇离开
然后向不远处的虚空处摆了摆手
表示出自己的抱歉或善意

这也许会平复外出觅食归来
隐藏在附近的一位母亲惊悚的神经吧

当我回望，洞口的野花剧烈晃动
虚惊后的欣喜，整座山都感受到了

（原载《诗探索》2019 年第 3 辑）

香　椿

陈　亮

每年春天，父亲领着我浇完菜园
总会去摘园边上
那些香椿的嫩叶

拿回家揉一揉
再拌上盐末和味精
每一次我们都会吃得小嘴发绿

衣服和头发上
也都沾满了香椿的香
风一吹，那种浓郁的香味
会让人眩晕或飞起来

而那些暂时被摘光了叶子的香椿
光秃秃的，很像父亲伸向
天空的手指

——今年春天
当我独自走进菜园
才发现香椿的叶子已经很老了
繁茂的叶子在风中翻动着
发出粼粼绿光
恰好遮掩住了我的悲伤——

（原载《星河》2019年夏季卷）

那 些 字

陈 亮

太阳炙烤着，不留一点情面
巨大的荒蛮的工地上
一群农民工在沉闷地干活

就在他们的身边
竖立着一些宏大的金属质地的字
比他们的身高还高很多倍
民工站在那里，比逗号还要小

他们推着巨大的车子
铲着山一样的沙土和石子
他们的汗有时蒸腾为雾
有时凝结成冰

——他们在这里干了很多年
那些字也被油漆了多遍
鲜艳欲滴。直到有一天
有个话筒跑来问他们这些字的时候

他们的眼睛却是茫然的
这，是些字吗？
——它们那么高大，那么骄傲
放出耀眼的光，几乎让全世界
都可以看见了，他们却看不见

（原载《草堂》诗刊 2019 年第 8 期）

咕 咚 声

陈　亮

刚来北京的时候，每天晚上
我都会被一种咕咚的声音吵醒

这声音彻夜不绝不死不休
让我持续失眠，脸色枯槁
仿佛被游荡的狐女摄去魂魄

这声音让我最初的怀疑来自
隔壁女侍者的木床深夜抽筋
后来又怀疑来自附近
一处荒草的工地
或者地底下传说的盗墓者

有时我怀疑这声音来自天上
有谁聚变着星的手电
有时怀疑这声音来自我自己
另一个我在体内彻夜开凿
希望有一天能破茧而出

慢慢地，这些怀疑开始消除
直到有一天我满血复活
以至于最终开始相信
那些咕咚声是不存在的
只是来自某个遥远的梦境或假象

（原载《诗刊》2019年8月上半月刊）

高铁站台

陈丽伟

绿皮车换成了高铁，站台还是站台

加宽了增高了，站台还是站台

速度越快，相握的手越容易分开
站台越宽，流浪的身影就越多

从家到站台，从站台到他乡
或从他乡到站台，从站台到家

世界网一样撒出去又收回来

（原载《诗探索》2019 年第 3 辑）

两棵玉兰树

陈丽伟

远处围墙里那一树盛开的白玉兰，童年的
邻家女孩一样，一动不动地默默地看着我

一动不动地默默地看着我，一下子我就老了
青春的黑发在春风里飘落，像白玉兰的花瓣

满树紫玉兰含苞欲放，在宾馆的天井里
每一扇窗子，都能看见她从少女到白头

花要开了，我要走了，流浪人的哀歌
在树下响起。花瓣飘飞，如天鹅的羽毛

（原载《诗探索》2019 年第 3 辑）

白 尾 鹞

陈丽伟

我昨天见你，你独自在飞
我今天见你，你独自在飞

在寒冷的冬天，在空旷的原野
麻雀，是一群一群地在飞

你无语扇动巨大的翼
低矮的芦苇丛藏不下你

你扇动一次，天地开合一次
你扇动两次，风就变成了云

你巨大的背影滑过干枯的树梢
可怜的树木像你零落的羽毛

天地间响起冬日的挽歌
听起来像是春天的序曲

（原载《诗探索》2019 年第 3 辑）

中年的面孔

纯 子

睡去的事物保持着安详的面孔

春风吹，樱花乱

想到黎明我就紧张
新的秩序势必带来新的不安

高枝上的鸟已不再展翅
远方对它而言，仅是遗失的大陆

低处的河流潺潺不息
偶有石头击水，瞬间就被淹没

中年正好夹在这二者当中
带着折叠之痕，却找不到返回的路

想到黎明我就紧张
夜过了一半，眼睛突然就瞎了

生活有它自己的圈套
春风吹，樱花乱，旧地无人还

（原载《诗探索》2019 年第 4 辑）

寻找一只旧闹钟

纯　子

很多东西被取代。时间也是
时间挂在手腕，在爬升的日头中，在
一个人早已被跨越的历史里
我有时为了寻找一只

旧闹钟，我得翻出一个旧时代
很多东西都磨损了
我还在喊，对着那些模糊的脸孔
仿佛当中有一部分是我的
我的早晨，我的黄昏
没有准确的刻度可以用来衡量
哪一秒是轻的，哪一分钟
足以让我在流逝中得以恢复
我浪费的东西太多了
小到一缕光线，大到神能给出的
恩赐，我被摁在某块土地上
旧闹钟里还能传来机械转动的声音
一只莫名的手总在这样的时刻
触及我的身体，一些东西
散了，如马达，如齿轮
我再也捡不回来的那副形状
现在只留下眼神，偶尔盯着天空
偶尔望着流水，流水把该带走的都
带走了，我还留在原地
如一棵过时的植物，开花，结果
但自始至终都似一具空壳

（原载《诗探索》2019年第4辑）

斑鸠之死

纯　子

我无法用准确的言语
向你描述斑鸠之死，描述它像一首诗歌

有着明亮的开始，却结束于悲怆
那时，星星刚刚升起
牛羊还未入圈，而农夫刚从田间收起锄头
它也一定在返回巢穴的路上，
它从未想到
“死亡就在不远处窥探着它”，不知来自何方的子弹
瞬间击中了它
假若对准它的脑袋，斑鸠像天女散花般
失去平衡，旋转着掉落，
假如对准它的胸口，它会立刻受伤
像一个沉重的石头
从树间垂直掉落。要是它的翅膀被击中
它像滑翔的飞机，慢慢降落
但从黑暗中的枪口，会对它的另一只翅膀
补上一枪。
而之后，它将作为美餐
端上餐桌，它像一首诗歌还未开始
却要结束，像一颗星辰的陨落
黑夜还未准备好
苍穹，而我还没有准备好悼词

（原载《诗探索》2019 年第 4 辑）

对 12 床病人的描述

纯　子

对于她的描述全来自其他病人，比如
她有一个三十岁的儿子
至今未婚。她有一个赌博成瘾的丈夫

十年前她和他离了婚。
她的父母已八十多岁
一个老年痴呆，一个中风
一直不知她生病的消息。
再比如，她曾经投资生意
但至今很多未收回成本……
——这位个性要强，却命运多舛的女人
仿佛所有人生的雨水，都朝向了
她一个人倾斜
而如今，她患卵巢癌晚期
在医院的病床上，像一只病猫
很快就要被世界遗弃，更像一盏黯淡下来的烛光
随时可能被风吹熄
在上周五的晚上，这个五十六岁的女人
在住院四个月后
离开了人世。其他病人对于她最后的
描述是，她始终也不肯
闭上眼睛
“岁月一直没饶她，而她也未打算原谅岁月”

（原载《诗探索》2019 年第 4 辑）

花 与 诗

曹安娜

走过许多城市
独爱这一座，不知
是命运还是选择

春花众多，独写诗给你
不管是真情还是假意

熟悉的朋友
在某个路口等我
有一杯热茶足矣
如同诗歌
在人生的某个时刻
突然点亮我与你

诗是城市的角落里
站立的树，散落的花
开放，凋落
每一次，每一年
见证着生命的节奏
每年把诗写给你
读给你
是在给自己
一次路过
一次铭记

诗从来不在舞台中央
如同花开放在角落
无声无息地打开
打开春天的来信
让风读给我们听

（原载《青岛文学》2019年第9期）

候车厅里的蜻蜓

曹安娜

大理石地面光滑如水
一只蜻蜓以为是水
用翅膀拍打地面
盘旋，又一次次拍打
啪嗒，啪嗒，啪嗒
惊醒了等车的人

一个穿牛仔裤的女孩
拖着拉杆箱匆匆划过
闯入蜻蜓点水的梦

（原载《青岛文学》2019 年第 9 期）

黄昏观云

曹安娜

这几日黄昏
云总是赶往某处
有点慌里慌张
就像人，突然明白
时间永远流走了
不再回头，于是
心里不再淡定
觉醒就是告别童年

云不再是单纯的白
带着一些蓝紫，橘黄
灰紫或者是灰红
看不透，辨不清
复杂而和谐的色彩
如走了好远的人生一样

（原载《青岛文学》2019 年第 9 期）

农家院聊天

曹安娜

我们在农家院
吃饭，聊天
聊着聊着
就把尘封往事
在饭桌上打开
思绪在茶杯里斟满
对酌，你的我的和她的
早已不分彼此
只与世界关联
而时间总是陪着我们
在恰好的时刻彼此遇见

谈兴正浓，突然
世界出奇地安静
安静得没有人存在
只有风，从槐树林里走来

带着槐花的香甜

（原载《青岛文学》2019 年第 9 期）

看叙利亚盲童在废墟上歌唱

灯 灯

她看不见的天空，是我们看见的
我们以为神不在那里
但一个盲人女孩相信了，她抬头
确信歌声
去了神的居所

我从她的笑容里取出花朵，从废墟里
取出哭泣
我从我中取出自己
——毫无疑问，我是盲人，而她不是

（原载《诗探索》2019 年第 4 辑）

玉 渊 潭

灯 灯

天寒，万物退让其身。要给
寒冷让路，也要给
清晰让路
残荷把倒影留在水面，䴙䴘把头
埋于水中，它们都是

我在人间的知己，潭水深不可测
我看见的，你必将
也会看见
和我相遇的，均是馈赠，包括这
一走动，就会惊飞的
麻雀，包括它
在觅食中，小小的战栗

——是啊，包括，也包括的

银杏树下
少年的笛声清新，落日盛大
盛大的落日

和落叶的光芒连成一片：我和所有，均是重逢。

（原载《诗探索》2019 年第 4 辑）

蚂　　蚁

灯　灯

蚂蚁在镜头里
捶胸顿足，我要把镜头放到更大
一只更小的蚂蚁
才会出现，蚂蚁在我的镜头里
悲天抢地，直不起腰
更小的蚂蚁
在它身旁，一分为二，如果蚂蚁也有眼泪
那一定是

母亲的眼泪，一定是母亲
怎么呼唤
都没有应答——
如果我把镜头放到最大，我就会看到
一张人脸，我就会看到每一天

——每一天。都有一张相似：
悲伤的人脸。

（原载《诗探索》2019 年第 4 辑）

浪　　花

灯　灯

每一天都有浪花冲上悬崖，带着
赴死的决心，要和落日论一论
时光的血性，也要和岩石
较量生的意义，每一天都有白云
降下白旗，那么多浪花
死在赴死的路上，那么多
浪花，还原成大海里的一滴水，再不可能
成为浪花的
一滴水

一个人看见浪花在体内
千军万马
冲上天空，一个人看见浪花冲上天空

——在大海面前，和大海一样：保持了平静。

（原载《诗潮》2019 年第 6 期）

悖　　论

戴潍娜

我希望得到这样一位爱人——
他是温柔的强盗，守法的流氓，耐心的骗子

他的心房是一座开放的墓地
是一床月光，面庞是蘸着白糖的处方
他是我身上沉默的岛屿，是举起的白旗
是我爱过的所有诗句

绝对的爱等同于绝对的真理
以及，真理它狡黠的变形

（原载《作品》2019 年第 5 期）

贵　　的

戴潍娜

面对面生活久了
好比
平躺在镜面上去死

卧室的镜子一定要买贵的
它决定了你自以为是的形象
家中的男人也一样
这些虚构之物，帮我们订正自己

鞋子一定要买贵的
人一辈子不在床上，就在鞋上
它必须高跟，且有本事典雅地磨出血泡
正因为你付出了这许多
才能收获我如此多的痛苦

床也一定要买贵的
跟鞋子不一样，你不能对死亡吝啬
什么时候做爱?
——每当想死的时候

枕头当然也要贵的
万一做梦太认真、太严肃
还能摔到现实比较丰满的部位

书架则要又贵又乱
贵得，让人有胆气穿过群书垒起的森严高墙
乱得，最好能塞进一打姑娘

玉石、古玩、钱币、艺术品统统要买贵的
我不用了解你
爱你就好了

请问：你脑子里都是这同一类事情吗?

当然不是，如果一直反省一类事，那是一个学科
恭喜，你已经建立了关于前男友的一门学科

那好吧，反省一定要贵
但不能太深刻，否则……
我每天对着镜子面壁
我每天对着男人面壁
……

（原载《读诗》2019年第1期）

临　　摹

戴潍娜

方丈跟我在木槛上一道坐下
那时西山的梅花正模仿我的模样
我知，方丈是我两万个梦想里
——我最接近的那一个
一些话，我只对身旁的空椅子说

更年轻的时候，梅花忙着向整个礼堂布施请道
天塌下来，找一条搓衣板儿一样的身体
卖力地清洗掉自己的件件罪行
日子被用得很旧很旧，跟人一样旧
冷脆春光里，万物猛烈地使用自己

梅花醒时醉时，分别想念火海与寺庙
方丈不拈花，只干笑

我说再笑！我去教堂里打你小报告
我们于是临摹那从未存在过的字帖
一如戏仿来生。揣摩凋朽的瞬间
不在寺里，不在教堂，在一个恶作剧中
我，向我的一生道歉

（原载《读诗》2019 年第 1 期）

冬日怀颍河

飞　廉

许由在流水里洗耳朵，
曹丕洗剑，
三十年前，吹着芦笛，我洗泥泞的脚。

此刻，宝石山下吃红薯，我突然想到——
如果墨子活到七十三岁，
大概就是我父亲今天的模样，
如果墨子化身一条长河，
大概就是我家门外的这条颍河，
我就是父母从这条河里打捞上岸的一粒沙子。

出生在颍河边，
这构成了我今生最大的寓言。
年过四十，秋风在我的头上紧吹，
只有写出庾信的杰作，
才不辜负它数千年的长流。

（原载《草堂》2019 年第 4 期）

春　远

飞　廉

晚春的早晨，我走进一条从未走过的小巷，
一夜急雨，
我像是走在南朝繁华落尽之后，
通向初唐的路。
浓密的樟树因宿雨而低垂，
我停下来凝望那棵银杏，
新叶长满枝头，多像早年父亲挖掘的土井，
一夜涌满了水。
这青翠，让我想起一个女孩，
麦忙时节，村子里只剩下我们两个人，
拿着一本《三世书》，我为她算命，
紧张，欢喜，我听见黄鹂在楝叶间清凉的低鸣。

（原载《文学港》2019 年第 5 期）

读《金石录后序》，兼怀傅雷

飞　廉

有人爱胡椒，
有人爱书画，
几案罗列，枕席枕藉……乐在声色犬马之上的岁月，
归来堂烹茶、举杯大笑的岁月，
浸觉有味，不能自已，自谓葛天氏之民的岁月

……

靖康丙午，金寇侵犯京师，
有人急着刺字，
有人急着铲雪，
有人急着逃命，
这四顾茫然的书生啊，
战火烧掉了他满屋子的书册卷轴、一代奇器，
战火烧着他的肺腑！
这性急的书生啊，他等不及李清照解舟夜行三百里，
他吞下了柴胡黄芩等大寒之药，他急着死去。

（原载《文学港》2019年第5期）

甲 骨 文

冯 娜

从一个字里看见山峦，从一个字里看见太阳
泉水自殷商的额头汩汩而出
王室的卜辞，曾向一座不会老的城池托梦

梦里，我和我的故国都已三千岁
我要向后来者，讲述山的威仪海的潮向
我要镌刻一颗星的沉落，在重复的黎明身后
用不朽的笔触，我描摹自己的鹤发童颜

每一块甲骨就是一个誓约
不尽的黄昏走过来，托付它们的年轻
时间书写着它的生命——

在黑暗的征战与埋葬当中
在重见天日的世代
在一页新的复活里，我默捻着深深的刻痕：

那就是明月，那就是照耀
那就是殷墟中无数的我
还在匆忙地写就，转瞬即逝的命运

（原载《民族文学》汉文版2019年第3期）

美丽的事

冯　娜

积雪不化的街口，焰火在身后绽开
一只蜂鸟忙于对春天授粉
葡萄被采摘、酝酿，有一杯漂洋过海
有几滴泼溅在胡桃木的吉他上
星辰与无数劳作者结伴
啊，不，赤道的国度并不急于歌颂太阳
年轻人只身穿越森林
雨水下在需要它的地方

一个口齿不清的孩子将小手伸向我——
有生之年，她一定不会再次认出我
但我曾是被她选中的人

（原载《读诗》2019年第1期）

在博物馆拍摄一幅壁画

冯　娜

如果那衣袍穿在我身上
如果那乐器抱在我怀中
如果那呼吸吹到我眼前的人
如果那手臂的弧度刚好握住流云
如果我每一步都踩着那碎裂的沉香

我的额头是不是应该低垂
我的眸子是不是应该饱含泪意
我周遭的气韵是否要由一头白象来决定
如果我只是爱情的一种象形
你还会不会，会不会爱上那壁画中人？

（原载《读诗》2019 年第 1 期）

是什么让海水更蓝

冯　娜

我们说起遥远的故地　像一只白鹭怀着苇草的体温
像水　怀着白鹭的体温
它受伤的骨骼　裸露的背脊　在礁石上停栖的细足
有时我们仔细分辨水中的颤音
它是深壑与深壑的回应　沼泽深陷于另一个沼泽
在我的老家　水中的事物清晰可见

包括殉情的人总会在第七天浮出——
我这样说的时候是在爱
我不这样说的时候，便是在痛
即使在南方
也一定不是九月　让海水变得更蓝
我们彼此缄默时
你在北方大地看到的水在入海口得到了平息

（原载《诗探索》2019 年第 1 辑）

清　明

扶　桑

感谢上天
我父母俱在
当我下班
在昏暗的楼道里
摸出钥匙
一道铁门
一道木门
都很旧了，旧得像是
落有擦洗不掉的灰尘
熟悉的
门，应声而开
一道铁门
一道木门
仿佛我的父亲和母亲，衰老
但不倒，站在

我和我背后的世界之间
向我，敞开一个永远
亮着灯的房间。两颗
斑白的头颅
另一种让人安心的
旧感觉
像两盏灯
在这套三居室的房间里
如果他们不在
房间总是黑的
晚上，当我从外面回来
我的脚，从一种黑掉入
另一种黑
我回到了这个房间
却没有进入家门

（原载《重庆文学》2019年第3期）

小说第九章

扶　桑

我走时你仍在身边沉睡
空了一半的被窝没有察觉
失去重量的你的手臂
也没有察觉

静悄悄的夜如此神奇
白霜在窗玻璃上哈出如花的印迹
我如此陌生地激动、轻盈

在你额上落下
郑重一吻

天快亮了日子满了
我要出发再不回来——
噢，睡吧，睡吧，我走了但会和你
再次相爱

（原载《重庆文学》2019年第3期）

热内·玛格利特的一幅画

扶　桑

在一本画册里我看见你
那已是，至少十年前的事
我已忘记你的名字
忘不掉的是，手指翻到那一页时
感到的惊悸——
每个诗人脑子里都有一本
自己的诗集。你成为我诗集的封面。
尽管不被任何人观看
整幅画是一扇大开的窗口
它开向天空：晴朗的淡蓝色
浮满白云。那些云，全都长成巨型
棉花糖的样子。边缘为朝霞
淡淡晕染
海在最低处，几乎只在想象中显现
窗台上搁着一尊年轻的女头像
一侧前额，淌下一小片血迹

暗色的、已凝结的记忆
（伤口是看不见的。它被画家有意隐匿——）
我难以描述那张双目微合的秀美
面庞上，那种柔和的
沉思表情。它近乎柔情的回想……
是的，我要的就是这个
十年后，我的迷惑突然喊出
云开雾散的这一句——痛苦的
柔和、沉思的表情

把痛苦化作柔情！

（原载《星星诗刊》2019年6月上旬刊）

我遇到的一个美人

非　亚

有一天晚上我看到阳台的地板极其明亮
拉开门
看到空中，悬挂着一枚月亮

我搬了张椅子，坐在阳台上
面向夜空
有时闭上眼，有时又静静地
注视这个女王

那一刻我光着上身，没有任何东西可以给她
也没有突然地
被她激发出一首诗
更没有大声地向她打招呼

嘿，你好
美人

（原载《读诗》2019年第1期）

时　间

非　亚

时间过得真快啊，我转眼就要从婴儿变成老头
时间过得很快呀，上午转瞬就变成下午
白变成黑，黑又变成白
阳光刚刚离去，月亮就推门进来
星星干脆自己挂到屋檐
时间，时间，一大群鸟儿在黄昏的空气中叫
很快啊很快啊
很快啊
它们飞到河边的芦苇丛
然后又向一株大树
飞起
翅膀像闪电，迅疾而有力
时间太快了太快了，拉都拉不住
一个老太太看着年轻时的照片在镜子前
发呆，当年的美变成了一张纸
记忆合上，又打开
时间，时间
另一个老人在床铺上默默念着
牙齿几乎掉光，皮肤皱巴巴没有
一点光泽
他好像看见死神

从天花板掠走了一列
火车

（原载《自行车》先锋诗年刊）

天　使

非　亚

有一个天使
她在傍晚
在我走出小区大门时
准备降落到一条我即将走过的小路上

这个天使
具有极其特别的能力
和才华

除了用语言、肢体动作
用温柔的眼神
安慰第五人民医院在操场绕圈的疯子

尤其擅长修补心灵

我拿着不小心在台阶上摔碎的心
请求她缝合

我流失在大海上的时间
请求她帮我
统统装回到瓶子里

晚上，我梦见发光的月亮
挂在屋檐上
天使扭动着身体
坐在云层上面

请带着微笑
看待这人来人往的世界

请带着爱
看待这个被陆地、海洋分离的岛屿

（原载《自行车》先锋诗年刊）

香椿胡同口的孩子

管清志

奶奶　在那一年春天
我一个跟头重重地
摔在香椿胡同的石板路上
磕破了新年的裤子
爬起来　拎着洒了酱油的瓶子
哇哇大哭

奶奶　夏日的香椿胡同密不透风
除了蝉声
漏下来的　还有
我每次雨后用力摇晃香椿树
纷纷落下的水滴

奶奶 香椿树再一次落叶
远方的人还没有回来
我拿着一根铁丝沿着胡同
穿了一串又一串树叶
你把它们用力地塞进
红红的炉膛

奶奶 腊月里我漂亮的女老师出嫁了
九岁的我把人生一个秘密
写在瓦片上
塞在了香椿胡同的墙缝里面
你笑着 把我的奖状高高地
贴在炕头

奶奶 小时候磕的伤疤还在
我用力地摇动香椿
却摇不下一颗水滴
香椿树的叶子落了
那个经常要你喊他回家吃饭的人
却再也没有回来

奶奶 香椿胡同低矮的院墙后
是你的窗户 一盏油灯
总是把你的影子拉得很长
像你扫过的大街那么长
像你离开我们的时间那么长
像我年复一年的记忆那么长

（原载《诗探索》2019年第3辑）

乡村的秘密

管清志

乡村的秘密在起伏的群山后面
在成片的芦苇的深处
月亮是乡村醉醺醺的灯笼
猫头鹰潜伏在季节四周

一场老电影
把剧情深深地印在石灰的山墙上
爱了或者恨了
有一些人哭着回来
有一些人笑着离开

苹果花在春风里受孕
一个女人在四周无人的时候
轻轻经过树下
那个粘知了的孩子迷了路
整个夏天
他变得支支吾吾

乡村的夜是水井深不可测
杨树往天上钻　蝙蝠倒挂在屋檐下
看门狗无端地叫
猫跳上窗台　猪梦见了飞翔
栏里的牛　它的反刍
变得神秘而忧伤

村中心端坐的大槐树
是这个浮世中的智者
他洞悉乡村所有的秘密
在次第流失的黄昏里
纹丝不动　一言不发

（原载《诗探索》2019 年第 3 辑）

采　石　场

管清志

东山顶上露天的采石场
是地球上一道深深的伤疤
那是我年轻的父亲
用他脾气一样的雷管火药一点一点
撕开了它

一马车一马车的石头
父亲黑着脸咬着牙
他的心一定要硬过石头
才能凿出舂米的臼、研米的磨
凿出人间温暖的物件
才能把石头做成房子的铠甲
做成房子的肋骨
守护着锅台、土炕
许多小小的心脏
守护我顽劣的童年

父亲离开采石场
他的心就慢慢软了，蹑手蹑脚
走在城市水磨石的地面上
他总是小声地嘀咕：这里用机器磨出来的面粉
做的馒头不筋道，豆腐
根本没有一点奶香

直到有一天
他的身体变成荒野里冰凉的石头
我们把他小心翼翼地放在
一片向阳的山坡上
一群石头的中间
山坡的对面
我又看见那个采石场
因为常年积蓄的雨水
采石场变得像一只巨大的眼睛
更像天地之间一颗晶莹的泪水
这时我分明听见了父亲一声“放炮啦”的喊叫
分明感觉到我心中那块他一直没能爆破的顽石
在他的喊声中炸得粉碎

（原载《诗探索》作品卷 2019 年第 3 辑）

时间上的螺丝

高建刚

从停止的手表上，取下一颗微小的

镀金螺丝，微小到不能失手

在其腹部嵌入鹤眼似的动力时
螺丝突然从存放它的白纸上消失

沙发、地毯、茶几……所有的缝隙
放大镜的世界
磁铁的世界
轰鸣的吸尘器打乱世界

在亿万的灰尘中
发现了爱人失踪多年的一颗绿宝石
曾让母亲担心伤人的缝衣针
去世已久的父亲领工资的刻印
孩子儿时的彩色玻璃球
男人女人的毛发
葵花籽、红豆、蟋蟀……

我握住停止的时间
望着窗外广袤的大海
一颗微小的镀金螺丝伴着明月
从海平线上升起

（原载《诗刊》2019年1月下半月刊）

夕照渐逝

高建刚

夕照渐逝

我放弃了一天所有的事物

哪里的风
使松树变乌云
松针落在遮阳伞上
比雨轻的雨，干爽的雨
落在心上
滋生幸福的种子

松树在天空下
伞在松树下
我在伞下

夕照渐逝
我是否能守住这永恒
或者把自己交给夜幕浮现的大海

（原载《诗刊》2019年1月下半月刊）

栈　桥

高建刚

这么多年，栈桥
已成为我肢体的一部分
谁伤害它，我都会疼痛
比如现在，左前方突然冒出的水泥建筑
像X光片的阴影
令人绝望

有时我想，栈桥似一沓
写满酸甜苦辣的信笺
镶着蓝绿色镜框
岛屿、轮船、红瓦顶建筑
和教堂钟声做插图
多少人前来阅读
并成为一个个注解

栈桥，这条通往大海的路
一定要走到尽头
才能知道大海是什么

那年，为朋友饯行
他要一个人去阅读栈桥的信笺
不知深浅的过客，身上
满是四溅的浪花
眼里闪烁贵贱难辨的珍珠项链
耳边盛开算命的花言巧语
终于上了太阳晒黑的人牵线搭桥的船

后来，他写了一封信
说他走到了尽头
看见大海是一片虚无
栈桥的夜晚
一盏盏路灯似火柴
它要点燃多少支香烟
打发这令人怅惘的时间

（原载《诗刊》2019 年第 1 期下半月刊）

冷西之夜

高鹏程

从冷西小栈出来
车子拐弯时，忽然看见了远处的灯火
我熄了车，点燃一支烟
远远地望了很久
温暖、金黄的光亮，让我
微微空白的大脑里，闪出了几个词：
乡关。驿站。歌哭
是的，歌哭。作为一个久居异乡的人，这些年
我已习惯摸黑赶路，穿行在
岭头暮雪和陌上轻尘之间
不再轻易为光亮的事物驻留，也不轻易揿亮
体内的灯火
而今晚，在冷西，一幢孤零零的乡村小屋窗口
泼出的灯火，却让我有了无言的感动
如果此刻，在另一处观望
你会看到，漆黑夜色里的两处火光
一处明亮、金黄
另一处微弱、闪烁，却始终不肯被黑夜吞没

（原载《人民文学》2019年第7期）

夜雨过湖心寺旧址

高鹏程

陆殿桥还是老样子
湖心寺已经不在旧址。
时隔经年，追着一头熊的足迹我来到这里
它曾走失于一朵梅花的深处。
此刻正在下雨，
没有人的湖心，像一面永远打不碎的镜子。
从湖心西桥看过去，夜雨也和过去一样
一滴是伤感，两滴是绝望
而当更多的雨落进湖水，那其实是
一种遥远的回忆
像梅花开在雨夜
像一头熊走失于雨夜。
时隔经年，湖心寺还在我心头的旧址
我走过的湖面曾经下雨
我走过的湖面正在下雨。

（原载《文学港》2019 年第 7 期）

芦苇与鱼

高鹏程

岸上挤着一大片芦苇。
海里游着一尾鱼。

一道堤坝横亘在它们中间。

开着白花的芦苇，野茫茫一片。
带着大海游动的鱼，只有一条。
一座堤坝横在它们中间。

人世间到处都有这样的芦苇。一棵
挨着一棵，密密匝匝。
一棵芦苇的孤独，淹没在众多的孤独中。

而在你知道的海水内，只有一条鱼拖着整座大海
艰难地游动。
孤单的鱼，在海里流着泪，但不被看见。

一条堤坝横亘在中间。

——这就是真相
你的外表：芦苇的孤独。
你的内心：鱼的孤独。

（原载《十月》2019年第5期）

路　遇

韩　东

她一溜烟地骑过去了
摩托车后带着女儿
和我打了一个招呼，女孩儿回头看了一眼

眼眸那么清亮。昏黑中
车灯照亮了街边的一排绿树。

已经是春天了，葬礼的第二天
她们的轻快让我猝不及防。
她的丈夫死了，而她活了过来
只有女孩儿的眼神如故——
在葬礼上也是那么瞪着。
她始终没有流泪。

那颗泪此刻从我的眼睛里流出：
她们还要活下去
并且这就开始活下去。
她一溜烟地骑过去了，一溜烟……

（原载《扬子江》诗刊2019年第5期）

一位诗人

韩　东

在他的诗里没有家人。
有朋友，有爱人，也有路人。
他喜欢去很遥远的地方旅行
写偶尔见到的男人、女人。
或者越过人类的界限
写一匹马、一只狐狸。

我们可以给进入他诗作的角色排序

由远及近：野兽、家畜、异乡人
书里的人物和爱过的女性。
越是难以眺望就越是频繁提及。
他最经常写的是“我”
可见他对自己有多么陌生。

（原载《读诗》2019年第4期）

读海明威

韩　东

我在读一本三十年前的旧书，
书页已经发黄变脆了，
像被岁月之火焚烧过，
而火焰已经熄灭。
揭开的时候寂静无声，
它的分量变轻了。
这是我带在身边的唯一的一本书，
被置于包中或者枕边。
硬汉已死，译者星散，
书籍本身也岌岌可危。
只有那些打猎的故事永存，
并且新鲜，就像
在一只老镜头里看见了清晨。

（原载《草堂》2019年第5期）

很多个上午十点

韩文戈

很多个上午十点，我坐在单位的办公桌前
眼睛因阅读或起草公文而显得疲惫
我闭一会儿眼，然后走到窗前，向外远视
前面的高楼遮挡了我的视线
此时正值上午的十点
我总会听到遮挡我视线的楼房的那一边
传来栗胜路小学播放的一小段音乐
那青春的气息使我如一个老人回到了少年
很多个上午十点，我坐在书房写字台前
当我改完新写的诗，会走到凉台上
为植物们喷喷水，或抚弄一下它们的枝叶
我都会听到楼下不远处的幼儿园传出一小段乐曲
以及孩子们发泄出的呼喊
这使我如一个老者突然间遇到自己的童年
很多个上午十点，我在很多个外地也有同样的经历
很多个上午十点，就应该是这个样子
全世界都会播放一小段音乐与孩子们的欢乐
就该是少年与童年的时间，尽管它是那么短，那么短

（原载《读诗》2019年第1期）

复　活

韩文戈

有一天我把败落的村子原样修复

记忆中，谁家的房子仍在原处，东家挨西家
树木也原地栽下，让走远的风再吹回，吹向树梢
鸡鸭骡马都在自己的领地撒着欢儿
水井掏干净，让那水恢复甘甜
铲掉小学操场上的杂草，把倾倒的石头墙垒起来
让雨水把屋瓦淋黑，鸟窝筑在屋檐与枝头
鸟群在孩子的仰望中还盘旋在那片天空
在狭窄破旧的村街上，留出阳光或浓荫的地方
在小小的十字路口，走街串巷的梆子声敲响
把明亮的上午与幽深的下午接续好
再留给我白昼中间那不长不短的午梦
当我把老村庄重新建在山脚与河水之间
突然变得束手无策
因为我不能把死去与逃离的人再一一找回来

（原载《读诗》2019 年第 1 期）

秋天的虫鸣

韩文戈

当我听到原野草丛中秋虫的鸣叫
有些庆幸，也有些伤感
秋虫又到了每年告别的时辰

当我扭头望向一棵老槐树
不知它为谁所栽，活了多少年
但它一定比我活得更长久
比栽树的人更长久
那棵树会不会看到慢慢老下来的人

也感到了庆幸，并替人伤感

而沿着树冠看过去是起伏的燕山
包容着那么多人事、树木、往昔与悲歌
我曾在山里找到过一块两块鱼化石
常识告诉我，这里曾经是一片无际的汪洋
古老的海水漫过群峰
鲨鱼、海龟、潜龙与陨星畅游在海底
这样想来，老树木又算什么，人又算什么

而当夜晚来临
有时我站在最低或最高的山丘
仰望星座，真是太遥远了
那时连地球也不算什么，多少年后
我会归尘，再没有丝毫关于人世的哀伤
只有感激，在一小段光年里
我看到了我所看到过的一切
包括这微小的昆虫
它深秋的哀伤以及盛夏里它的欢唱

（原载《诗刊》2019 年第 2 期上半月刊）

诗人是我一直想成为的人

黑　枣

诗人。关于这个称谓
如果你们觉得它滑稽，有伤面子
那就把它给我吧
我一直倍感它的高贵和遥不可及

像一个蹩脚的烧砖的师傅
日复一日地烧制一块块粗糙的砖头
我从不羡慕你们住的象牙塔和小洋楼
在我栖身的矮房子里面
风雨照样进不来，月光也能点亮
窗台上的小花和一颗彻夜不眠的心……

现在你们说到诗人，会不屑、紧张又难堪
如果这个诗人，既无权，又无钱
就像一种很奇怪的动物一样被另眼相看
你们不知道，诗人是我一直想成为的人
他的口袋里可以穷得叮当响
但一定装着一个个更加响亮的字词
他的头顶上没有桂冠，但心灵一定熠熠生光
这个干净、落寞的人，他可以什么都没有
但一定有勇气把五脏六腑晾晒在阳光下……

诗人。如果你们觉得我不够格
没错！这就是我为什么努力不懈的原因
在一座黑黢黢的砖窑里面，火焰熊熊燃起
熊熊的火焰温暖了我，也把我烫伤……

（原载《绿风》诗刊 2019 年第 1 期）

侨 兴 街

黑 枣

从我的书店门口
走到 324 国道

侨兴街就到顶了
站在街尾
能够认出那个
从街口下车的客人
有一年我看到许多人
举着一根长长的竹竿
顶端绑着一把镰刀
收割树上青黄相间的杧果
又一年我蹚过及膝的洪水
去看菜市场齐胸的洪水
洪水与洪水之间啊
有没有一尾泥腥气的鳗鱼
我更喜欢生活里一些
游手好闲的时光
我从一间间店铺门前走过
快餐店、卤味店
手机店、服装店
食杂店、复印店……
侨兴街一天走过多少人
多少个本地人
多少个异乡人
侨兴街一年听过几回鼓乐响
几回嫁娶？几回丧葬？
几回开张大吉
几回是狂风把大排档的
锅碗瓢盆扫落一地……

（原载《文学港》2019年第1期）

糖 街

黑 枣

蓝花楹花开时
一个外地的朋友拍了照片
发给我。我才知道
原来这株多年来熟视无睹的
老树也能开出如此新鲜的花来
在那条疾走五步就过的桥头
在民主路
我还是更喜欢叫它：糖街。
好像整条街都是糖做的
好像整条街都能抓到糖吃
我姑婆就住在那里
我们班泼辣的女同学就住在那里
文苑书店、文圃书店就在那里
良友装潢广告店就在那里……

在民主路
有全镇最大的百货大楼
我常常去表姨上班的书柜前
看免费的图书
她送给我的《希腊神话故事》
送给我好多位善良的神……

蓝花楹花开时
我故意跑去看了一看
小桥下无数细细的小鱼

把零落的花瓣重新拼在了一起……

（原载《文学港》2019年第1期）

这辈子，我只要做好一件事就够了

黑　枣

春天，我种下向日葵、葫芦瓜、波斯菊
和许多叫不出名字的野花
直到这个酷热的夏天过去了一大半
它们还长得很好。它们是我从纸上移植的
几行诗句。我一遍又一遍地朗读它们
我的目光里流淌着以心灵为源头的声音
初为人子的声音。初为人夫的声音。
初为人父的声音……
这辈子，我只要做好一件事就够了
一个好孩子。一个好丈夫。一个好父亲
对于这个吵闹的世界，我只能做一名好听众
收集起多种不同的花籽穿越土层的声音
以及它们被阳光和露水轻声朗读出的诗句……

（原载《绿风》诗刊2019年第1期）

同　安　街

黑　枣

我要去那里杂乱的摊位旁占个位置
兜里揣着十个鸡窝里刚拾来的鸡蛋

在那些老练的顾客面前板起一张稚嫩的脸
我不跟他们讨价还价。我相信
如果穿过同安街的风不把光阴吹老
我一定能够把这十个被我捂热的鸡蛋
卖出三十个鸡蛋的好价钱

我要去那里低矮的骑楼下躲雨
等一位淋得像落汤鸡的女同学跑过
我不一定认识她。她也不必面容姣好
坑坑洼洼的老街面阻碍着她的步伐
她一边要躲雨，一边要避让脚下的水洼
像我一样，装着很专心地盼雨停
其实更想要有一场无边无际的春天

我要去那暗淡的门牌里找到
一张磨损的扑克牌。同安街 50 号
或者是 53 号。四个人凑齐一副牌局
在昏黄的灯下把青春挥霍一空
他们都老了！我也是
谁偷藏了一张红心 A？谁愿赌服输
在深夜的街头掏钱炒了四菜一汤

现在，同安街比从前更新了
骑楼下的地方被一块块钢化玻璃挡起
做成橱窗，摆上一个个穿时装的假人
同安街好像比从前更加狭窄
好几次我想穿过同安街去往别处
不是跟拥堵的记忆撞个满怀
就是被迷离的月光指错了方向……

（原载《文学港》2019 年第 1 期）

爱情故事

黄　浩

我们的爱情故事是一幕黑白电影
兵荒马乱的民国，街上行人匆匆
我们只有躲进一家客栈
你飘动的裙摆遮住了我的眼睛
风一层层在空中摇动，你紧紧搂着我
雨滚落在窗上，像在念佛
我们在接吻，风铃在屋檐下叮当
你突然一把枪顶在我胸口
枪响后我没倒下
我用力把血摁回胸膛
你吹了吹枪口，从容地离去
好像过了许多年，子弹一直留在我心上

（原载《北京文学》2019年第6期）

雪　夜

黄　浩

雪越来越不像雪，能不能下得大些，再大些
今夜，李朔的兵马停在蔡州城外
林冲正奔向梁山的路上
王子猷做好了夜访朋友戴安道
陆游先生已铁马冰河入梦来

张岱湖心亭碰到了痴者
有人风雪要夜归，有人独钓寒江雪
我早温好了酒，你要饮杯否？

（原载《北京文学》2019 年第 6 期）

大 悲 咒

黄 浩

连长还叫小潘的时候
是照完全家福，坐着绿铁皮车
哼着《风雨兼程》到八角坪的

小兵小潘在中午吃饭时
一颗炮弹准确地打掉了他的饭盒
没炸，全班人都跪下磕头

通讯员小潘的记载：
刚进掩体的猴子倾刻间不见了
卫生队里端出了一盆盆的手和脚
一块两米长的弹片嵌入二牛的后背
他们四人用了很长时间才拔出来
小潘哭了

现在大腹便便的老潘也哭了
这个城市里参加过战争的只有这四个人了
他们是：老潘，秃头，花脸，哑嗓子
作为一个记叙者，我最后记下的：

日他娘的战争
然后是四个人长久的沉默

（原载《北京文学》2019年第6期）

开　学

侯　马

每次新学期开学
夏尔总会千方百计
拖延一天半天才去
多年如此
上大学也没变
我有点理解
因为我上学时
面临新学期第一天
甚至面临周一
也是满心惶恐
感觉校园十分陌生
同学十分陌生
但我才不会第二天才去
在我的同学们
已经克服了重逢的羞涩
变成了彼此熟悉的一个整体后
一齐望向我的孤独

（原载《诗歌月刊》2019年第3期）

致 儿 书

侯 马

亲爱的夏尔
上周日我跟你妈妈
参观了国科大
她的开阔典雅和美丽
总让我想到想象中的波大
正是秋日
我们从黄昏
一直走到夜幕降临
那是一次因走到疲惫
而身心愉悦的散步
只是晚饭不够完美
真应该在校园食堂就餐
在那里我见到一位女生
她没有同伴
用筷子夹着一枚
完整的饺子
呵，这就是女孩子
她并不吞下
而是一小口一小口咬着

（原载《读诗》2019年第4期）

一个力

侯马

我第二次路过省城
跟爸爸去看望我姐
她走出校门
穿过马路时
有一辆自行车
后座载着一位
抱着一块大玻璃的人
自行车不敢刹车
不敢拐弯
直直撞上我姐
她一下跪在地上
我和爸爸在马路对面
望着这揪心的一幕
急得直喊
却没听到一点声音

（原载《读诗》2019年第4期）

春雨札

海城

春天里的大问题，
都变小了。

那些疑问的胡子，
纷纷掉落，在细雨中消失。

太阳歇息去了，
被春梦包裹的孩子，
从一阵鸟鸣里，
辨认欢喜。纯洁，是新起的笔名。

一棵棵醒来的树，
自大脑里，删掉残冬。
借慢条斯理的雨滴，
丰富着内心。

命硬的草复活了，
体内的电，打出火花。
热烈的誓言长出一个头颅，
眺望雨迹纵横的长空。

不会说话的石头，
所酝酿的心声，
烘托着一颗大心脏，
思考今生，怎么与万物和谐。

长寿的大地，
摧毁怨怼，赏读春雨的文本，
那些雨滴的字啊，被我当作句句入魂的
证据，与自然掏心掏肺。

（原载《稻香湖诗刊》2019年第3期）

一阵鸟声掠过

海　城

一阵鸟声掠过，
我抬起头，顺着空气划痕指点的
寻觅欢愉的词，
鸟并不感动，
只抛下小小的影子，
刺激我的新句，为它发声。

不打妄语的天空，
早已治愈了自己，
它的回春术，日渐成熟。
鸟是它的扈从，
小心地爱着，
吹着眷恋的口哨。

阳光投下的光斑，
像赠给大地的留言，
能读出真理。
一月的沦陷不算什么，
我有许多老故事，
用来填满脚下的坑。

一阵鸟鸣的诱饵，
被我咬中了，
吞下去，与白日梦拍拖。
不要说一月有多新，

我把它作旧，
以温暖的旧，侍养老灵魂。

（原载《稻香湖诗刊》2019 年第 3 期）

致马致远

海　城

你的落魄陪你隐于西山一隅，
拥一块畦园的灵气，
养身！泥土的感召宛若圣旨，
下发给灵魂，慢慢品咂，
旧事碎了，记忆的拼图还在努力复原。

枯藤是你的，
老树是你的，
昏鸦也是你的，
这尘世所赠的悲怆，
浸入冷寂，从景色里溢出，
像一道秋意的瀑布，
彻底将你攫住！
万物的雏态似有神迹，
赐予你禀赋。

小桥是你的，
流水是你的，
古道是你的，
西风瘦马也是你的。
染红长空的夕光，

写下一札追问，
坠下山脊的，被谷地收藏，
安抚诗中的隐士，
投靠山水的决心。

天涯供出的断肠人，
到底是谁？或与其孪生，
成为一对沦落兄弟，
占据乌有之乡，
对接灵犀，遥望疏朗的桑梓，
以老秋之薄凉，为余生干杯。

（原载《稻香湖诗刊》2019 年第 3 期）

留　　言

江　非

夜里出门的松鼠和狍子，夜游神般的生灵
愿你们路过时对我的苞米和豆角手下留情
时刻以宽宏慈爱的心，让我的老母和孩子
有衣服和食物
我在我的田边上竖起这块没有上漆的木牌
在木牌上留下我的祈祷和留言
我是这块土地上世代耕种的农夫之子，就住在
不远处篱墙围着一棵花椒树的房子内
门头上挂着的镰刀和门后的铁锹都可以为我做证
秋风一样的命运已安排我离开了我的家人和生命
如今我长眠在山坡上一堆落满了枯叶的泥土中
我向你们，酒，向我的父亲和我的恩人们致敬

我的门口有一窝野鸡蛋，被蒲公英和风信子覆盖

（原载《汉诗》2019年第2期）

风雨中的荔枝树

江　非

风雨中屈身的荔枝树
愿你的枝叶能触摸到他的坟头和碑顶
这儿埋着一位修水库死去的下乡知青
这片土地悲伤地接纳了他
温暖的火山土堆起了他深深的墓堆
他死去时，这儿还是一片野蛮的荒地
如今这儿的人们已经能在夏天、秋天
吃上三种红色的果实
他的母亲选择把绝望和他埋在了这里
早早给枯萎的青春竖立了成熟的墓碑
安葬他的，是他的战友，和一位他爱的少女
她如今生活在旁边的一块墓地里

（原载《汉诗》2019年第2期）

我　的　梦

江　非

我的梦是一块漆黑的麦田
一棵又高又大的麦子站在月光下
我的梦是一头瘦弱的牛犊

头靠在母牛健壮的后腿上
人们用同一个杯子喝酒
一个一个传递下去
我的梦不长，像夜晚
把一盏灯熄灭，又随即打亮
我的梦是一个玩耍回家后打瞌睡的孩子
我的梦是那些油漆斑驳的旧家具
我的童年静静地挂在衣橱的衣架上
衣裳小得谁也穿不上
比岁月之根还长的妈妈的晾衣绳
沿着雨滴到了我这儿
所有的衣服挂在雨中的绳子上
晾不干

我的梦在一个手掌上
没有真正的土地
没有院子，供一个孩子在家里继续玩耍
抬头可以看到院子上方清晰的季节和天空
我的梦没有地址
到不了任何地方，会有一阵悲伤
但也不会悲伤太久
因为人生不会太久，比一缕来叫我们的星光还要短

（原载《汉诗》2019年第2期）

摸 天 空

江一苇

小时候，父亲很喜欢将我举过头顶，

让我伸出手触摸天空。
他常常会问我:“摸到了什么？”
我回答:“月亮，星星。”
“还有呢？”
“还有白云，水一样，流过指缝。”
父亲欣喜地对我说:“将来你长大了，
就可以自己摸天空。”

后来我终于长大了，
却再也没有触摸过天空。
不是我不想，而是再也没有人
会像父亲一样，能不厌其烦地听我说谎，
每一次被骗，都显得那么高兴。

（原载《诗探索》2019年第4辑）

看　门

江一苇

小时候，父母常常交代干的一件事
是看门。看门的时候，常常干的一件事
是找一只蚂蚁，拿一根树枝挡住去路
让蚂蚁爬到树枝上去。之后把树枝举到空中
将一端向下，看蚂蚁怎样往高处爬。
等到它快要爬到顶端了，再将另一端向下，
如此反复。我承认，这个过程让我快乐，
让我有种掌握别人命运的满足。所以，
有几年时间，我对这个游戏乐此不疲。
好在我也有玩累或失去兴趣的时候，

好在我没有杀死更多的蚂蚁，只是将它们
和树枝一起丢到一边。可这件事
还是给我留下了隐患：多年后，
当我一次次咽下牙齿，走在绝望的边缘，
我总是会想起那些树枝上的蚂蚁，
想起它们疲于奔命的过程，
或许时至今日，有几只还没有爬回窝里。

（原载《诗探索》2019年第4辑）

亲　　人

江一苇

深夜，母亲打来电话
告诉我舅舅向她借钱了
她没有借。搪塞理由是钱被我拿去
还了房贷了。她说舅舅现在
举债十多万，而且他的继子
刚因邻里纠纷打了人
被抓进了看守所
听人说最少会被判处三年徒刑
她怕舅舅这一生都还不了
她怕我将来娶媳妇没钱被人看轻
她让我统一口径
我静静地听着，心里却翻江倒海
眼前不断浮现出这样的画面：
母亲坐在月光下的院子里
为了给我凑学费挑拣一袋豌豆
而舅舅流着汗，正在阳光下劈柴

为了能为我节省半斤煤油
他们都是我在这世上仅存的亲人
像其他的亲人一样
总有一天，我会一一失去他们……

（原载《诗探索》2019 年第 4 辑）

一切都还在进行

吉 尔

有时候，想给你打电话
手指摁了下去，又收回
“说些什么呢？”
生活和思念都变得陈旧，书翻旧了很多本
而周围，个人命运与乡土命运都有着共性

在办公楼的右侧，是一所中学
孩子们总是欢呼雀跃，羽翅扑闪
像是未来无穷无尽，而道路鲜花簇拥

在办公楼的左侧是医院的太平间
早晨上班的时候，遇到发丧的队伍
大把的纸钱从汽车上撒下来
像那么多没有归宿的人
穿孝衣的中年男人对灵车的司机说
“慢一点”声音里充满了痛惜和不舍
仿佛灵柩里的人，再也经不起人世的颠沛

常常是孩子们的欢呼声和守孝人接二连三的号啕声

在同一个下午同一扇窗子传来

（原载《诗探索》2019 年第 1 辑）

悖 论

吉 尔

说到我，请说到文本
说到刻薄的词，命运，像雪片一样飞舞的星空

说到我，请叫我的名字。如果你愿意
就叫我诗人，而不是
女诗人

我爱这暴烈的阳光，悲凉的人世
我爱这坦荡的大地
我爱过混浊的河水和不分黑白的涛声
我爱过词语，如鲁莽的少年

“这世界的、地域的、河山的、民族的、命运的……”
这美妙的统治
我坠入诗人的悖论
如果非要把我和现实连在一起
有些，是难以启齿的

哦！请不要怜悯我，不要说到性别，孤独
关于我
一个主妇，一位母亲……
一个与词语纠缠不清的人

须把笔削得越来越尖，把有些字写出血来
把有些词攥进命里

（原载《诗探索》2019 年第 1 辑）

我对他们的爱

吉　尔

只有库车河了解我的品性
只有库车河懂得我静默的骄傲
它用三十年培养出我麦芒一样的皱纹
明亮，也是硬伤。这，

像肋骨一样的语言
常常让我泪流满面

我喝下库车河的水，泥沙俱下
胃里泛起漩涡，隐隐作疼
我是个中毒极深的人，要靠逆流而上
才能心安理得
可我一生都没有躲过洪水般的宿命
每个写诗的人，身体里都住着一处海洋
用来吞吐词语的泡沫

我身体里居住着凶猛的河流、暴雪
和花瓣，中医说我的身体呈寒性，勿熬夜
食凉性食物，可我偏爱那些凉的事物
雪、冰块，命里带霜的人

我对他们的爱，使我一生都没有过罪恶感

（原载《诗探索》2019年第1辑）

塔克拉玛干断章

吉 尔

她唱世上最美的哀歌
……

她拥有女性的辽阔，并诞下荒凉和羁傲
她拥有水的品行，比水还硬
在塔克拉玛干，时间是亘古的河流
大地，是另一个星空

我们是她走失的沙子，这如同造物主的安排
我们经历雨水、冒险的词，在塔克拉玛干的星光下
听，玛格萨的叹息比黑夜还深沉

我是塔克拉玛干荒凉的一部分。在这里
语言比木简更沉默，在这里
寂静，搬运着一整座胡杨林，巴依孜然湖流淌的月光
没人能懂

在这里，风鼓动着迷失的精绝和楼兰
死去的记忆，走在返乡的路上

（原载《诗探索》2019年第1辑）

雪　　路

敬丹樱

一夜之间，厚厚的积雪堆满院落
我不敢踩上去。这神赐的礼物，多细小的声响
都是唐突

小心翼翼，诚惶诚恐，患得患失
最精致的爱情，正是如此

但最好的爱情
是二叔拿起扫把，为驼背的二婶从围墙到山下
默默扫出一条回娘家的路

（原载《诗探索》2019 年第 1 辑）

萤　火　虫

敬丹樱

萤火虫军团浩浩荡荡
出现在夏夜，收获成群的赞美和誓言

它们与蒲扇有关，与葡萄藤有关
与老掉牙的故事有关
它们曾被放进透明的瓶子，空心的葱叶
那微光
有着慰藉的力量

那是我不配获取的力量——

躺在凉下来的晒席上
我曾一把捉住路过的小灯盏
在那只红头萤火虫经历漫长的被捉弄后
我尝试掐灭那盏灯
这秘密
只有月亮知道……

数算我童年
犯下的种种罪孽，最耿耿于怀的就是那盏灯
在被我彻底掐掉后，还执拗地
亮着

（原载《诗探索》2019 年第 4 辑）

灰　月　亮

敬丹樱

你是不是喜欢过仰望
迷恋着深蓝的天空下，月亮温润的光芒
你是不是相信
那是治愈的力量

你是不是这样描绘长大后的自己——
奋不顾身的石头，兀自开落的野花，疲惫的灯火
噎在喉头的轻叹

你是不是不愿意承认

就连月亮也有关照不到的地方
这么多年
它已不胜其累

你舔舐伤口时，是不是不再习惯抬头

（原载《诗探索》2019 年第 4 辑）

青　梅　花

敬丹樱

她埋头拾青梅花
姐姐攥紧拉杆箱拐过燕子坞时
她已兜了满满一衣襟

一个姐姐，带走了更多姐姐
她们脚下生风，再美的青梅花也留不住

她把花朵装在瓷碗，又换成玻璃罐
城里开不开细白的青梅花，枝头才是她们
最恰当的归宿吧

没两年，就到她了
汽笛声里，更多青梅花
落下来

（原载《诗探索》2019 年第 1 辑）

只想投奔爱情

金小杰

我和我的行李箱并排站在路边
像瘦弱的骑士和小马
这些年来
我把我住过的房间统统塞进箱子
它们或窄或宽、或小或大
但都盛不下肩头的大雪、眼底的夜色
推开一扇扇木门
别再劝我放下手中的行李
也别再劝我平躺在床上
等另一个不相干的人
杯盘冷炙，我得到的
也仅仅只是一张床和一间用来等死的房子
与其说爱情，不如说成一场交易
那些男人想用钱
买下我小腹深处最美的春天
走了，万水千山
终究会遇见一位怀揣火焰的男孩
他会接过我手中的缰绳
递来一碗热水
闭口不谈家境、职位、工资
只把我的那双
血肉模糊的脚，轻轻地，护在胸口

（原载《诗探索》2019年第4辑）

上　坟

金小杰

一年多了。草又绿了，花又开了
清明当天拎酒上坟
去姥姥跟前磕头认错
找不准位置，只能一块碑一块碑地
挨次读下去：任东、王顺、金福善
念死人的名字，唇角发寒
坟圈里走得这一趟
依旧没能遇见姥姥
算了，赌气的人永远不肯露面
远路隔山水，我费尽一生
也无法抵达去年那个太过仓促的春天
上车，回家，后视镜里
一棵上了年纪的老槐树
正佝偻着身子，站在风里

（原载《诗探索》2019 年第 4 辑）

小　镇

金小杰

小镇极小，只有南北两条主路
商店也只有两个，大点儿的叫超市
小点儿的叫小卖部。我在这里教书
周末回来值班，镇上的同事

会收留我，替我挡住十二月的寒气
挡住独在异乡为异客的凄凉
走在路上，学生的家长
也会喊我上车，捎带一程
像是捎带一小枚坚硬的种子
最热闹的是那群一年级的孩子
他们会隔着大街，兴奋地喊我“老师”
把一个内心潮湿的人，喊暖

（原载《诗探索》2019年第4辑）

停　课

金小杰

下雪，停课，滞留学校
没有学生的工作日，铃声
依旧丝毫不错地响起、落下
树上的几只麻雀，叽叽喳喳
广播体操响了起来
雪在阳光下不约而同地融化
我今天的学生只有这几只小雀
不背古诗，也没有看图说话
更不会有习题和试卷
它们在我的窗前跳来蹦去
像我教的那群一年级孩子
每天都嚷嚷着长大

（原载《诗探索》2019年第4辑）

婴儿与乳房

康　雪

以前不知道，天生柔软的乳房
能变得比石头还坚硬
不知道石头里有河流
河流里有怎样壮阔的温柔与暴力
这暴力是婴儿独自承受的。

以前不知道
不是一生下婴儿就能成为母亲
不是掏出乳房就能轻松地
喂养这个世界
是婴儿，以非凡的耐心
慢慢教会一个人成为母亲。

是婴儿
让普通的双乳有了潮起潮落
有了月亮一样的甜蜜盈亏
是婴儿，平衡了一个母亲乳房内部
与外界无垠的疼痛。

（原载《诗探索》2019 年第 2 辑）

在龙子湖畔

康　雪

一棵草上的秋天很大，我一眼就看出来了

但无数棵草挨在一起，毫无萧瑟之意

一个人身上的黑暗很大
大得能使阳光受到伤害吗

我回到人群，风正从湖面上吹来
我看到每个人的头发都被吹乱，如果靠近

所有的动荡挨在一起
所有的羞怯挨在一起

像所有草叶上，各自那一点点卷曲的枯荣
小心翼翼而又坦荡地挨在一起

这多么好
但在珍珠城，我并非想要活在理想之中

（原载《诗刊》2019年第4期下半月刊）

在 梦 中

康 雪

重逢时你的样子清晰，笑起来
仍是一个孩子。
我们快速地经历了所有分别的时光
在空旷的雪地。你的一只手搂着马匹的脖颈
另一只手伸向我

这个过程只融化了几朵雪花。

但又那样漫长——

醒来时我仍想着马匹的鬃毛正透着
湿润的热气，你的手指还在轻微地抖动。

（原载《诗探索》2019 年第 2 辑）

给　父　亲

康承佳

爸爸，想您的时候，城市突然就老了
念及慈悲欢喜，风在枝头来回动荡
重复着千万年前就开始的困惑

爸爸，许多年过去了，我依旧记得那些人
您看窗外，人群拥挤，来回交换着疼痛
我知道的，其实，十月并不适宜悲伤

爸爸，秋天将我们不断地过渡成他者
死生疲劳，爸爸，您看我多像你

（原载《诗探索》2019 年第 2 辑）

写给母亲

康承佳

妈妈，喊你的时候，武汉已经秋天
本质上而言，季节只是时间和界限

与我们无关

妈妈，长久以来
生活变成了一件勇敢的事情
但我并没能因此变得勇敢一些
无路可走的时候
我总是在深夜想起小时候的村庄

妈妈，我的脐带连着你当年的疼痛
而我醒着，借新的疼痛盖住老的一重

妈妈，“流年并无新意
经年只有旧梦”我多想回去
从武汉到重庆，从故土到子宫

（原载《诗探索》2019 年第 2 辑）

中年遇雨

康承佳

先生，相较于雷声，我更害怕小荷的战栗
雨水凭空而下，掷地有声
收起这场雨，便获得了——中年的肉身

先生，我们必须承认，生活终究
比我们预想的要危险，要艰难
这些年来，房价、雾霾、二胎以及母亲的病
日子在你左手边，生生地喊疼

先生，人到中年，爱你，一如三餐的朴素
可有时候依旧有些吃力，也是这时候
黄昏，分外诱人

还没来得及由雨水抵达你，先生，天空
已经转晴。草木露出更加葱郁的部分
你听远处云和云相撞，下一场雨也正在出生

（原载《诗探索》2019 年第 2 辑）

一日三餐

康承佳

我已经疲于告诉你今天的琐碎
激情褪去后我不愿意声张
我爱过你，就像一条鱼从缺氧到死亡

多么难受，其实只是季节换了
我们应该学会去安静过渡
一切正在来临，我提醒着自己
我们的耐心应该比岁月更长

晚上，我把饭菜做好留在桌上
我突然慢慢退出我的身体
旁观自己被日子包围，我爱你
已超不出一日三餐

（原载《诗探索》2019 年第 2 辑）

额尔齐斯河与其他河流没有什么不同

刘 春

是的，她与其他河流没有什么不同
尼罗河，刚果河，恒河，亚马孙河
密西西比河，伦敦河，湄公河，黄河
以及很多偏远得没有名字的水流
都是一样的
一样孕育生命，一样热爱土地
一样滋润村庄，一样吞没天才
当人类在她身边漫步，交谈，争吵，分手
或者妥协，拥抱，做各种交易
她一样看在眼里，一样发出智者的微笑
当季节更替，她一样有虚荣的流盼，有固执的坚守
如果亚伯拉罕·林肯般伟大的灵魂出现
她的胸膛一样会在夕阳下散发金色的光芒
甚至她和我们每个人一样，有喜怒哀乐，有生老病死
有莫逆于心的小幸福，有无处申诉的大冤屈
唯一不同的是，她比我们更纯粹
比我们更孤独——
当所有的河流奔涌向东
她静静地，一个人，往西而去

（原载《西部》2019年第1期）

可可苏里湖畔独坐

刘 春

可可苏里是一块磁铁
黏住了一辆又一辆大巴
人们依次下车，松筋骨，拍照
起初是一群人换着角度
反复拍，使劲拍
然后就想一个人发呆

就斜坐在湖边草地上
眯着眼，看天上云卷云舒
看地上的牛羊转场
看风在夕阳下搅动金子
它们那么安逸
而你并不羡慕它们

你羡慕的是那一丛苇草
清贫、消瘦，但腰杆笔直
它们忽略了风沙、骤雨
烈日和冰雪
只向你展现
一生中最美的样子

你渴望成为这样的苇草
但你不配
你太软弱了
在众多规则后

你拥有的不过是一具
空空的躯壳

就这样坐着吧
至少在这个时候，你是
完整的自己

（原载《西部》2019年第1期）

水底一枚硬币

刘立云

不是多年前遗忘在抽屉角落的那一枚
也不是寂寞地躺在路边的草丛里
懒得弯下腰去拾捡的那一枚
我说的是时光：那年我十二岁，还是一个
青衣少年，愣头愣脑地跳进故乡的水潭里
野游。水清得能数清河底的鹅卵石
但我突然呛水了。我惊慌失措。我感到我的肺
就要炸裂：拼命扑打着往水面上钻
水底的涡流像撒野的村妇，死死
扯住我的小裤衩，在我的仓皇逃离中
放肆地嘲笑并羞辱我的稚嫩
我的孱弱：我作为一个孩子尚未展开就被
扑灭的年少轻狂。当我死里逃生
趴在岸边的岩石上，嗷嗷地吐着灌满一肚子
的水，这时我看见我遗落在水里的
一枚硬币：它隐隐绰绰，像一小朵明亮的

阳光，一段美丽但瞬间即逝的早恋
一个握在我手里，总也舍不得松开的梦
我懊恼不迭，真想一个猛子钻回水里
把它捞回来。可我惊魂未定，两条细细的腿
软塌塌的，小小的一颗心在剧烈颤抖
瘦削的身子像颗蚕茧，被一只看不见的手
一丝丝掏空了，一点力气都没有
也就是说，在几十年前的那一天
我完败于流水，提前交出了对这个世界的恐惧和妥协
许多年后，我才知道我当年遗落了什么
水底一枚硬币，一直在我的眼前晃呀晃

（原载《诗探索》2019年第2辑）

从前的一场雨

刘立云

雨在沙沙地下。长鼻子的乡村班车向竹林
深处驶去。她就坐在我身边，长着
一张城里人好看的脸，而我觉得
她就是一滴雨：清澈、沁凉，亮晶晶的
刚刚从窗外溅进来，压住了车厢里
浓重的汽油味，和一摊摊呕吐物的
酸腐味。我自觉地蜷起腿，听她字正腔圆
从嘴里吐出的每个字，却不敢靠近她
保持着一个乡村少年固有的自尊
和隐忍。但在颠簸中，我还是触电般触到了
她的手臂和大腿，闻见了她雨水一样

清新的味道。这让我愉悦，心在怦怦地跳
我努力想对她说点什么，但不想告诉她
我是附近山里的一个孩子，父母是
农民，正要去雨中的那片竹林里
扛茅竹。我十五岁嫩豆芽般的小身子将被
沉重的负累压弯。但她好像不在乎这些
她好像很愿意有我这样的一个忠实
听众。她在讲述她的童年，她在城里曾经
拥有的画片、镜子、小轮自行车
少年先锋队的队旗、队歌和咚咚敲响的
军鼓。这又让我想入非非，让我在许多年
又许多年后，仍然记得她身上那股味道
感到她好听的声音就像那天的雨
打在我心里：清澈、沁凉，亮晶晶的
许多年又许多年后，我老了，在城市的雨中
我发现每一张回头的脸，都似曾相识

（原载《诗探索》2019年第2辑）

鲸

刘立云

一头鲸！它庞大的身躯蛰伏在我们的视线之外
与海底休眠的火山和沉积的火山灰
混为一谈。现在它是深渊的一部分
海沟和海床的一部分
两边的腮大幅度张开。现在它是巨大的无

大师总这样遁于无形，它是那么沉着和谦卑

懂得必须慢，必须像日月星辰那样
把自己控制在运行的轨道
之中。而当它上升
当它某一天浮出水面，一座大海就将溢出来

（原载《诗探索》2019年第2辑）

河流的第三条岸

刘立云

他们那边叫阿穆尔河，我们这边叫黑龙江
我知道它还有第三个名字
叫墨河，隐藏着河流的第三条岸

那时我正站在江中心的古城岛，眺望雅克萨
河水寂寂流淌，像认出了我的亲人
放慢了脚步
它肯定看见我内心凄楚，眼里含着一大滴泪

现在。我应该对你说出这条河的容颜
它是黑色的，不是浓烈的黑
轻描淡写的黑，而是静水深流的那种黑
仿佛携带着某种暗物质，让它不堪重负

那样的一种黑，我能找到的比喻是：一方
水墨，它留下的白
有如铁被磨亮之后，隐居在自己的光芒中

（原载《诗探索》2019年第2辑）

无人能够阻止玫瑰怒放

李　庄

无人能够阻止玫瑰怒放
即使剪断枝条
揉烂花蕾
甚至用推土机推掉一万亩花圃
玫瑰仍将怒放
这是大自然的律令
玫瑰用刺、用你的血
在你手指手臂胸口嘴唇怒放
即使被焚烧
玫瑰就用火焰
抽搐着抖动着翻卷着
纠缠着你疼痛的记忆怒放
即使剩下一捧灰烬
玫瑰也要在你的黑发上怒放
在你夜半梦醒后散发致命的芳香
即使你死去
玫瑰就在你骨灰中怒放
用花瓣为你的凋零押上尾韵
即使你的骨灰撒入大海
你看——蔚蓝的波浪上
十万朵洁白的玫瑰——怒放

（原载《诗刊》2019年4月上半月刊）

火　柴

李　庄

我喜欢收集酒店的特制火柴
国内国外各种样式，当作纪念品随身带走
——小小盒子里藏着火的种子，礼花的梦

闲时，坐在自家阳台把玩
点上一支烟，慢慢想起这盒火柴来自
哪座城市，想起那里的景色、风俗和人

满盒的红头火柴拥挤，像候车室或广场上
等候的人群，是晚点还是乌有？是哪一只手
将它们填满，又是哪一只手将它们一一抽走

我曾不慎将它们集体引燃
领教了压抑已久的激情——哧的一声
我的中指、拇指焦煳，疼痛蔓延至心脏

一根点燃一座军火库的火柴和点亮一盏灯的
烧荒的烧饭的甚至自燃的火柴有什么不同
燃烧自身才能燃烧其他，这燃烧有什么道理

我只是无法忍受火柴盒里仅剩下一根
火柴，就像烟盒里剩下
最后一支烟——我独自躺在床上，失眠

我将空抽屉一样的火柴盒放入抽屉

将回忆放入下一次的回忆
我嘴角叼着的烟缩短着时间，空间

这珍藏不是怪癖——你看药皮上一道道
粗暴的凌乱的擦痕，如诗降临时那致命的
轻巧的一划，那一瞬像不像你的一生——闪过

（原载《诗刊》2019年4月上半月刊）

凝　望

李　庄

夜半酒醒，摸黑去厨房喝水
见对面尉署街4号楼1门301室
还亮着灯光
我曾在其中居住，那里
依然传来笑语，哭泣
女儿在那儿出生
父亲、妻子在那儿去世……灯光
不知那只手何时将电灯关掉
我知道开关就在门边
白色塑料上是生活的油腻、污垢
哦，那儿根曾触摸过的
亲爱的手指

但没人知道那只黑色的开关
在哪儿

（原载《诗刊》2019年4月上半月刊）

偶遇南京

李　南

没有泥浆的街道
晚秋的蔷薇还未枯败
中山陵游人稀少
大屠杀纪念馆抑郁难耐……
在六朝古都
我的心事太沉重，思想又太苍白。
直到你适时地出现
一道强光照彻了我的幽暗。
我们聊天，说起家乡和近况
说起蓝色大海和可爱的朋友
我有陈酒，但我们没喝
我新谱的曲子，也没有人会唱
这也足够了——空气中有蜜
灵魂得到了最高奖赏！
唉，美好的事物总有缺憾
十一月追赶着十二月。
可是……世上有一种不期而遇的相见
还有一种不说再见的道别。

（原载《草堂》2019 年第 7 期）

铁门关致友人

李　南

库尔勒的朋友，用热情

点燃了巴音郭楞的深秋。
木纳格葡萄，库尔勒香梨，阿克苏苹果
纷纷涌进我的房间。
可我行程短促
带不走这些会笑的水果。
在铁门关，我只是偶尔被风沙吹来
你们却给我一束追光。
深夜，我咬着香梨
甜蜜居然从眼睛里流出……
近来我常默默回想你们——
一个羞涩，一个淳朴，另一个爽朗
第四个还没出现，她正翻越天山
怀抱一小团火焰。

（原载《诗刊》2019年5月上半月刊）

在你们中间

李 南

在你们中间，就像树干与枝条中间
长着各自的心事
第一枝迎春花开了
却不明了春天的盛大蓝图。
我是被神拣选的人
和你们不同，心中刻着戒律。
一生过于漫长
需要糊涂的日子
我在你们中间
需要给苦涩的生活加点糖。

阳光多么和煦
落叶在头顶上轻轻旋转
我会偶尔发呆
望着一片树叶出神……
我们喝茶，评论服装和美食
秋天成全了旅行计划
让我们百度一下大好河山
不谈政治，也不谈宗教。

（原载《草堂》2019 年第 7 期）

列车上的邂逅

李　琦

邻座的女孩子，好看、年轻
她怀里抱着一个小小的婴儿
乐陵人，在外地打工
此番返乡，是看望病重的母亲

我们那儿枣最好，哪里也比不上！
她说起母亲做醉枣的手艺
忽然，眼圈一红，母亲病重
一直瞒着她。她知道后
抱着襁褓中的孩子就赶回来
“我妈一辈子吃苦，都是为了儿女
我得让她看到我的孩子”

开往德州的列车，风驰电掣

女孩儿还是神色焦急。她眼望窗外
像是要把从前的日子，看回来
她怀抱着熟睡的婴儿
就像多年前，那个会做醉枣的女人
紧紧地，把她抱在胸前

（原载《诗刊》2019年第1期上半月刊）

皇山送别

李　琦

零下25度，手中的黄菊花
几秒钟便被冻住，瞬间定型
露出冷这个字凛然的语义

皇山墓地，银坊区
我朋友最后的栖居之地

去国多年，经历坎坷
像一部悬念迭出的电影
这次，主角变成了骨灰
被儿子携带回来

儿子真像你啊，高大、魁梧
脸庞的轮廓，显示着基因
他抱着父亲的骨灰，让我想起
他小时候，你抱着他的样子

孩子一一拥抱了我们
他忽然哽咽：我知道了
爸爸为什么要回来

破碎的婚姻，异国他乡
各种猝然的打击，经历跌宕
一个被命运驱赶、不断搬家的人
每一处住址都暗藏伤痕

这一次，你的地址再不变动了
爱恨情仇，都烟消云散
你说过，除了生死，都是小事
如今，两件大事，你都已完成

想起三十年前，也是冬天
哈尔滨的雪地里，你张开手臂
自行车上大炫车技
满头霜花，那神采飞扬的样子

至此，一切将转化为静止
那些吃过的苦，那些咬碎的日子
都变成雪花了，优美而舒缓地
飘落在故乡的冬天

你在遗像上看着我们，鹏仁
这一群人里，只有你，在微笑

（原载《草堂》2019年第8期）

五只铜扣

李 琦

收拾旧物，发现一个信封
五只金黄色的铜扣
天哪，它们居然还在
少年时代的往事，泛出光泽

那是我平生第一次
接受来自异性的馈赠

那个男孩，一定是费尽心思
找出来这份礼物
他十一岁，我十岁
他知道我那时喜欢
亮晶晶的东西

五只铜扣
和当年一模一样
它们从未被使用过
在箱子的角落里，默守着回忆
而当年的两个孩子
在时光和尘埃里流转，在世间聚散
各自经历了打磨与擦伤

一切已经成为过去
尤其是我，早已不再喜欢
那些亮晶晶的东西。时过境迁

长大成人的标志之一，在我
就是对那些耀眼和夺目的事物
选择疏离，并且心生警惕

（原载《草堂》2019年第8期）

香水的味道

李　琦

母亲年迈
已不再忌讳谈论死亡
她越来越糊涂
却常有奇异之想
比如，她知道
她如果去世，我会在清明节
去墓地看她
哎呀，那一天人会很多
她开始焦虑：我眼神不好
会不会认不出你呢

我逗她，你鼻子好使啊
你可以记住我香水的味道
她恍然大悟，一下子有了把握
而后，她会经常
拿起我的衣服或者围巾
用力地，闻上一阵

（原载《草堂》2019年第8期）

和母亲下跳棋

李 琦

双方端坐，棋局开始
就像是演出小品
母亲扮演运筹帷幄的将军
而我，须表现出焦虑和苦思
曲意逢迎，还要不露声色

她随心所欲，想走哪走哪
却并不急于直插敌营
似乎很善于围追堵截
仿佛胜利还真是，来之不易
结局当然是我屡战屡败
作为赢家，她还大度地宽慰两句
胜败乃兵家常事
而脸上的得意，则无法掩饰

夕阳西下，母女对弈
这样的情景，还会有多少时日
我无法不难过——
妈妈，看上去正兴致勃勃
认知障碍却日渐严重
她尚不知道，大局已定
棋盘上，她走一步，少一步
生命正在渐渐消失

（原载《草堂》2019年第8期）

良 夜 颂

李 皓

你拥向我的时候
夜凉多么柔滑
凌乱的夏天说去就去了
该来的，说来就来了

这个比你身着的绸缎
还要柔软的良夜
秋风比酒更加让人沉醉
你比秋风来得及时

或者说恰到好处
那预设的一面方寸大乱
沉静的中年水波不兴
复活了的心，词不达意

攫住这薄如蝉翼的钟情
在死灰里觅一星半点火苗
燃烧，毁灭。狠狠地
把自己，再次弄伤

（原载《读诗》2019 年第 4 期）

在德令哈怀念海子

李 皓

海子，我已经许多年
不读你的诗歌了
想起你的时候
我就握住一滴雨
一滴充满悲悯敬畏的雨
足以让十万个海子
在德令哈，复活

海子，更多的日子
我只迷恋你的姐姐
她格桑花一样的面容
在德令哈一闪而过
草原无边无沿，羊群白云朵朵
没有谁，能像你一样
始终深陷风口浪尖

海子，我到哪一节车厢
能找到一株亚洲铜
一样颜色的麦子
抑或青稞
一九八八年的夏天草草收场
一个稻草人让那一年的诗歌
有了好收成，有了胜利

海子，这些年诗人们

都把德令哈当作了精神的原乡
他们从四面八方赶来
像闻到了什么味道
牦牛在戈壁滩走来走去
全然不顾及这些
堂吉诃德一样的石头

海子，我可以想象
在德令哈的夜晚
每一个胆敢走上街头的人
都是你的兄弟，你的姐妹
他们与我们貌合神离
他们说，这里
只有风车，没有人类

（原载《读诗》2019年第4期）

在深山老林里走

李　皓

几个拿腔作调的诗人
在这里说到氧，说到负离子
最好小声一些
因为我们是少数分子

一身休闲打扮的人
在美人松跟前免谈挺拔
自命不凡又邋里邋遢的诗人
在白桦面前别说自己多么纯粹

四平山里颠簸的道路
显然对一辆中巴车是拒绝的
那些绿色的时间被一次次撕开
四合的暮色为我们打着圆场

一块石头和一个狐仙洞
都是圣物，都曾经为一场神圣的事业
推波助澜过。而今天那些手无寸铁的人
不是诗人，就是游人

在林业局展览馆，当我们
看到入库的刀枪，南山上的马
我一下子意识到，所谓和平
就是可以放心地在深山老林里走

（原载《读诗》2019 年第 4 期）

这么多年……

李轻松

这么多年，山川矮了一截，亲戚少了一半
凡是会飞的事物都被诅咒
那消失的蚯蚓、麻雀，老房子和青年
炊烟独自升起，乌鸦一两只
黄昏的终点里，荆棘蔓延起来
只有怀抱的婴儿那么鲜嫩，口水满襟……

这么多年，被河流带走的人们从未返回，
恍惚间我还坐在马车上
而今我走得越来越快！一年眨眼便过
归来时已无少年。
父亲走后，无人再叫我乳名，
那些骑马而去的都是灵魂

这么多年，邻家那条老狗依然夹着尾巴
它破败的叫声里浮现出主人
他被风吹歪的院门，那蛛网勾织的窗口
比那条狗还狼狈。我已走不出那流水宴
走不出被围困的亲情与礼仪，
那些虚假，与他们相见时的那份尴尬……

这么多年，一只微红的灯笼还在矮墙上探出
带一丝寒意：是堂兄还是表哥？
我的话被一阵风噎住
零零星星的爆竹声，冷清的早晨，
鸡鸣声被拦了一刀。
我心尖上的梅花与血流，紧了一紧

（原载《诗潮》2019年第9期）

生死无间

李轻松

归路走到一半，天狼星就已偏西
如果是在清晨，会有一弯下弦月经过

小兽、虫子们都已噤声。白云浮过时
冰蓝色的天空是那么静！
一些鸽子是透明的，羽毛微颤
而捅破那张纸的人已经隐身
被冒犯了的鬼魂、神灵和祖先
和那些被囚禁的传统，都慢慢解脱

迎亲的车队吹吹打打，三月的新人
与七月的雨水，都走在赴宴的路上
迎面与送葬的队伍相撞
而送行的人都化了妆，白袍白幡
生死互不相让。凡是盛筵都散得更快
左边的鞭炮、右边的唢呐
还有对峙的那场悲喜——
从盛世间、盛典中溢出了荒凉
而神早已放弃了他们
神在远处，黑着脸不说话——
其实神从来都没有保佑过他们

（原载《诗潮》2019年第9期）

那么白！

李轻松

雪落的地方即是原乡。我的归属地
在地图上，被隐在边界之边
我喜欢未经更改的河流
和没有开垦的荒野——

那些自由的野兽、野花与野味，
大雪从山坡上飘下
翻墙、拍门、挤满窗口
又一家家地，飘过树梢、跃上山岗
山狸猫、梅花鹿、黄鼠狼都留下了脚印
引来月牙五更、草药五味
引来开春的草木和滚滚的秋风
而那通天树下请神的人，一脸衰败
在丘陵中起伏的跪拜者们
与没信仰的羊群一样茫然、虔诚
天空中降下了大雪与月光
降下满头的鸽子和银器，那么白！

（原载《诗潮》2019 年第 9 期）

隐 居 地
——致黄公望

李轻松

仰望你已多年，你也隐在我心里多年
那秘密的一隅，我早就种下了花草、树木
当然我独爱修竹那一种
当它们的身影拂过茅屋时，阴晴不知

无须平生有闲，我只要半刻就好
看山不是山，望水也不见水，
那一生的繁华便过成了极简
风吹白了你的发须，却吹不白
春天里映在窗前的一轮明月

秋冬之交的庙山坞，我不曾熟悉
那针阔混交林的气息
正如我不曾熟悉，细密与阔大的交错
在观音像处下船，再步行穿过落叶
雨窗、筲箕泉，与自己的身影一起
到达你秘密的结庐处

七十八岁开始，一切都不会晚，
对于那些初生的嫩芽不晚
认识山水不晚，觉悟更不晚

（原载《中国诗人》2019 年第 2 期）

十　月

林　珊

在暮色里反复听一首老歌，直到身心俱疲
在秋风中独自走一段小路，直到黄昏隐没
我并没有呼唤什么，但一只蝴蝶正离开枯萎的花朵
我并没有梦见什么，但一块碎玻璃正刺痛冰凉的脚踝

（原载《长江文艺》2019 年第 3 期）

乌　鸦

林　珊

夜读阿信《那些年，在桑多河边》

读到他此般描述乌鸦：
“与一只乌鸦的隐疾对应，
我多年的心病，是不能陪它
一起痛哭。”
我曾在七月的清晨，在夜宿的庐山山顶
遇见过乌鸦（哦，不仅仅是一只）
它们盘旋在芦苇丛中，琉璃瓦屋顶
发出“啊、啊、啊”的叫声
我从一场梦里惊醒，赤着脚
透过窗帘的缝隙，数了数
哦，一共有二十三只
体积庞大，羽毛光滑
那黑色的闪电，那突如其来的旋风……
此后一整天，我并没有开口谈论乌鸦
“当你看见了乌鸦，记住千万不要惊动它……”
我的外祖母，犹如村庄里的先知
这些来自童年的教育，让我多年以后
仍然心存敬畏。仍然忐忑于
一群乌鸦，同时出现的深意

（原载《诗探索》2019年第4辑）

练　习　曲

林　珊

我想写下一条河流
它日夜不息地奔腾啊奔腾
在似醒非醒的夜里

在熙熙攘攘的人群中
我想豢养一只蝴蝶
它有一双安静而又孤单的翅膀
在杜鹃花开满山坡的春天
在柳枝低垂的河堤上
你是知道的，隆冬已经所剩无几
一场突如其来的雪依然落在远方
“暮色将近时，我看见玉兰树上结满了花苞。”
当北风又一次吹拂花园
当铜钱草沉默着凝望汽笛的方向
如果那时的我们，还不曾热泪盈眶
那就俯下身来，和万物一起慢慢练习
怎样将过去的歌谣轻声叠唱

（原载《诗探索》2019年第4辑）

这样爱过的人

林 莉

河水汤汤
绕过了半亩花田

寂静中，我们向河谷走去
豌豆花深紫或白，缠住
我们的脚踝

水底，我们看见自己的脸
明亮、悲伤，像一朵豌豆花

半开半落

春色渐微凉，恰到好处
以至于我们在世间走了那么久
依然毫无察觉

万物各从其类
互相羁绊，也曾彼此辜负

（原载《诗探索》2019年第1辑）

鸟　鸣

林　莉

很长一段时间，我听见它的鸣叫
有时在大雨里
有时是在毛风藤的红色果实中
这到底是一种什么样的鸟呢
它沉默时，是否
也正遭遇难以启齿的困境
它奋力飞远时，一片青灰羽毛

会不会在静静跌落
而当它的叫声从毛风藤上热烈地响起
是不是也在想起一段忘不了的往事
一只鸟的鸣叫，像一个微红的泡影？
或者发甜的幻觉？
当我一个人在雨中走啊走啊
它的声带也一同充满了冰凉的水汽

我想也只有它了
在灰暗的冬天一直不曾离开我

（原载《扬子江》2019年第5期）

湖水的秘密

林　莉

如果把我们所见的湖水
写进
一场大雨里

着布衣的林逋，抱着一只鹤
面容过于冷峻
整个北宋，也被淋湿

而现在
孤山空蒙，湖水长流
涟漪重叠着涟漪，消逝瓦解了
消逝

当那只鹤，悄然飞过湖面
孤绝而去

我们所经历的各种相逢、离别
那样相似，无古今
在大雨里，缓缓升起淡淡烟雾

（原载《诗刊》2019年第5期）

须 臾 篇

林 莉

新的一天，我恰好来到这里
窗外的天空渐渐黯淡
水壶的水，“滋滋”冒着热气
夕光薄薄地打在
北欧蓝的窗帘
那里有无垠的大海翻涌
甚至，白色窗幔过于细密
光柱里制造出了波浪
一个要开始新生活的人
一张刚搬进来的胡桃木床
还未落上时间的灰
新的一天
我转身望向你

（原载《诗刊》2019 年第 5 期）

旧 月 亮

——戊戌年 4 月 14 日重返白洋淀

林 莽

夜风在吹
吹过的依旧是那片苍茫的水泊
芦苇在摇　洒向这片淀泊的
还是那枚照耀过燕南赵北的明月吗

今夜　金星伴月
天空是有些薄云缥缈
四月里蛙鼓还在沉寂
伴我们走过堤岸的那颗亮白的月亮
为什么有些陈旧
没有了当年的月色如水
没有了心的凄清与孤傲

岁月静好
新荷在月光里
有如一片片生了锈色的银箔
丝绢微黄　旧时的明月照我
千顷水泊也曾沉浸于旧时的月色
那些我喜爱的诗人和歌者
以舒缓的音色铸就了那颗我心中的月亮

今夜我脚步舒缓　皓首微扬
桨声吱呀　伴我侧耳聆听
那颗金星闪烁着
时光恍然　竟已过了五十年

今夜　我心浩渺
有如那枚笼了薄纱的旧月亮

（原载《青岛文学》2019年第9期）

夏末十四行·海浪

林　莽

面朝蔚蓝的大海

白色的波浪一层层地推过来
这永恒的时光的进程
从来也不曾停息过

生命的潮汐
从那颗小小的受精卵开始
我不知道那些人间的悲苦源自何处
它们一定也在祖先的记忆中潜在着

必然会经历一次唤醒心灵的击打
大海无垠　星空浩瀚　我们醒来
斗转星移　海浪一层层涌向堤岸

它永恒的节律给我们安慰
而在我们的背后
就是那个谁也无法抚平的人间

（原载《人民文学》2019 年第 4 期）

4 月 18 日深圳雷雨一、二

林　莽

一

两个过来人
在讨论一个中年人的生活困境

叹息间的爱莫能助
痛恨中的心生怜悯

一壶茶　渐渐失去了颜色

人生的困厄有时就来自一点点
难以填平的欲望

窗外的雨一直下个不停
一株芭蕉摆动宽大的叶子
一只避雨的小鸟瑟瑟着抖动翅羽

一种不可言说的隐形的忧虑
深深地刺痛了我

二

朋友送的栀子花开了
洁白的散发着淡淡的清香
我想起那些高雅的事物
如同那些明代家具
俊逸　洁净　消散了欲望

当然花也是不同的
在热带丛林里
也有那种吞噬肉身的花朵
诱惑带来的伤害
有时　当事者并不知道

生命到底有多复杂
在一个混沌的时代　我渴望
人与人之间美好如那些栀子花一样
于明静中散发着清香

只余下消散了欲望后的相互欣赏

（原载《青岛文学》2019 年第 9 期）

写给一颗枣子①

林　莽

那么多颗枣子
你同样混迹其中
那么多品种的枣子
你是其中的哪一种

你是牛汉先生那颗早熟的枣子吗
不　虽然先生的伤痛也曾是我的伤痛
而我只是芸芸众生之中的一颗枣子
混沌中听任风雨的吹打与摆布
渐渐地由青碧变得殷红

我混迹于万众之中
拥挤着通过生死的窄门
但绝不人云亦云　面对世界
心怀甜蜜与爱
将水火　荣辱　煎熬融入坚硬的核
它尖锐得足以刺穿谎言者的喉咙

（原载《人民文学》2019 年第 4 期）

① 牛汉先生曾写过一首短诗《一颗早熟的枣子》，记录了自己因为伤痛而早熟的心路历程。

痛 快

柳 沄

我从来都不是那块
从峰顶滚落的石头
我只是没有太好的办法
让自己喜欢做的事情
于中途
突然停下来

我只是像看待自己一样
去看待那块石头
时间久了，我干脆
把滚动时所发出的
巨大声响，视为痛快

只见它时而高高地弹起
时而笔直地下坠……
既然如此，那么
什么样的磕碰和摔打
才能让一个人的性格与命运
截然分开

这多么奇怪！在一个
十分平静的午后
竟然想到一块不能平静的石头
其荒唐程度，丝毫不亚于
将一行一行写诗

当作一口一口吐血

此刻，它顺着
因假设而陡峭的山坡
越滚越快，越滚越快
直到深深的谷底接纳了它
直到它与自己的经历
紧紧地搂抱成一团

（原载《读诗》2019年第4期）

写给自己

柳　沄

到了傍晚
刮了一天的大风
终于停了

朝窗外望去
那棵不再剧烈摇摆的老树
安静得，像
另一棵老树

哦，在它那里
无论什么样的风
都毫无意义，而它
也只是以摇摆的方式
让摇摆变得多余

此时，它入定一样
纹丝不动地沉浸在自己的浓荫里
便觉得不是它已精疲力竭
而是那场呼啸的大风
再也刮不动了

便觉得
如果我不这么想不这么写
那棵老树和那场大风
就是虚构的

（原载《诗潮》2019 年第 7 期）

雨一直在下

柳 沄

雨一直在下。我是说
从早间的天气预报开始
雨就淅淅沥沥地下在
百里之外，你
居住的那座城市里

用不着细想我也知道
亮晶晶的雨使众多的树叶
成为被反复梳理的羽毛
使那条总也奔腾不起来的河
多了一些河的样子

这当然是对的

其余的同样是对的
比如雨淋湿了那条河的同时
也淋湿了你的长发，并且
顺着发梢不断滴在我的心上

我有些恍惚，
——要是河中的蝌蚪
于不紧不慢的雨声里长出四肢
我们曾经待在一起的那个夜晚
是否也像一条越来越短的尾巴

（原载《读诗》2019年第4期）

抵　达

路　也

清晨六点
海和风都醒来了

飞机把我扔在一个西太平洋的小岛上
头也不回地走了
我的大陆已经远去

踩在陌生的经线和纬线上
天空是拱形的，有蓝琉璃穹顶
蓝得坚定，蓝得不妥协

免税店还没营业，折扣还陷落在标价牌上
咖啡屋等着被煮沸

太阳缀着流苏，把一切纳入它的烤箱
把石头烤得心肠变软
九重葛呼吸急促

这说查莫洛语的小岛多么陌生
这在大洋深处漂无所依的小岛多么孤零

我到这里来做什么呢
我一个人悄悄地来做什么呢
或许只是想表达一下流浪的自由

（原载《诗选刊》2019年第3期）

1982年的毛驴车

路　也

1982年被保存在一张黑白照上
一辆毛驴车上并排坐着祖孙二人
正驶向海边沙滩

当经过一排简易房
房门的银色圆形门把手握得住时间的流逝
遮阳棚帘像房子额前的刘海
热烈的天空在房顶上面伸展

毛驴专心走路，并不去瞅路旁的小花
松松的缰绳牵引一声祝福

那两只抬离地面的蹄子
自 1982 年 6 月以来
一直都没有落下

两人的侧脸和衣着辨不出年代
只能从毛驴的脸庞做些猜测
而它跟进入耶路撒冷的那只驴子并无异样
磨损的鞍鞯不知由谁骑过

毛驴穿过炎热的空气
嘚嘚嘚嘚地行走在方块砖路面
而大海在画面之外
正在不远处发蓝

多少年过去了
毛驴肯定已不在世间，祖孙二人可安好
一个中年，另一个老去
而他们乘坐的那辆 1982 年的毛驴车
至今还在不停地走着，嘚嘚嘚嘚
驶向海边

（原载《青岛文学》2019 年第 2 期）

风　声

路　也

听我说，这是徐霞客来过的村庄
他在这里住了七天
那几天一直下雨，他喝茶、吟诗、抄县志

这是他旅行的最后一站
他在这个极边的村庄结束一生的出游
打道回府，再也没有出过家门

听我说，徐霞客因失恋而开始旅行
只有山水可以治愈这伤痛
其实是爱情，让我们有了一本伟大的游记
这是我的考证，信不信由你

天气晴好，我坐在村口吃一碗清汤饵丝
炮仗花从墙头垂下
旁边的屋宇有飞檐，挑着一朵白云

溪水不懂道观的严谨
老樟树下，未完的棋局里有几百年风云

石板路的尽头
一片蚕豆田，没了蚕豆，只剩秧苗
竹林旁的木板屋老掉了两颗门牙

小村依然旧时模样
功德圆满

他望过的那片天空，我又来望
连风都是吹过他的头顶，又来吹过我的头顶
一定有什么信息在那风声里

（原载《诗刊》2019年7月上半月刊）

秋天的栗树林

路 也

走在不知名的山谷，不知名的溪水流过身旁
大地正露出倦怠的面容
抬头望向山冈，望见秋天的栗树林

天空是巨大的平静，悬在栗树林上方
阳光安详，含有细细的砂糖

栗树林在山冈之上
挺立之姿已无法超越自己的斑斓
那整编待命的悲怆

风吹过栗树林的头顶
一只黑翅鸢趁机急速滑翔
当吹到尽头，变成一声徒劳的叹惋
风里有离别，有遥远，有永逝和遗忘

壑谷里弥漫着撤退的气息
这世上一切都不属于我
除了四通八达的天空，没有谁会写信来
爱过的人在病中，彼此不见已有三年
抬头望去，云散淡，心空旷，栗树林在山冈

（原载《诗刊》2019 年 7 月上半月刊）

宝 岛 记

蓝 野

想找一个时刻宣告一下青春的结束
我觉得，此刻的岛上正合适

在集体歌颂青春的时刻
我悄悄在哀悼青春。
在白云和青草簇拥的校园里
我是那个白发游客
我是那个似乎没有经过青春
就已老去的郁郁的行吟者

放松。我在心里叮嘱过自己无数次
但一张开嘴巴
言辞就重重落地
表情就如绷紧的鼓皮

这里是南部，岛的尽头
我们会掉头回去。
让我在大海之侧长叹一声吧
唉！——波涛并不回应人类的情绪

（原载《青岛文学》2019 年增刊）

回望洗耳河

蓝　野

不会再有什么
比我们更应该感到羞耻

不远处，正是洗耳河那清澈的流水
这山这水，这裸岩这天空
还记得，洗耳河洗过的一切。
而我们还是来了
我们带着城市和现代的俗气来了
我们已经不配用流水洗刷什么
但深深的太行山里
万物并没有拒绝
它们展开怀抱，拥抱着山外来客
洗耳河，也愿意为我们洗去
汗渍，尘埃，和满身的伧俗

流水映照着羞愧的脸面
流水兀自远去，并不在意
谁去谁来

（原载《青岛文学》2019 年第 10 期）

燕山望月

蓝　野

月亮没有醉

我醉了。这满地的清波是乳白色的
这满地的清波在流动

深山之中，有我喜欢的无用与节制。
有我喜欢的孤寂
如一首压低了音调的诗

悄悄夜行的孤魂
还有这满地银光
无法把握形状，无法称出重量

大地做证，明月之下
轻风与诗人
正在互换身心
一个在爬山，一个在沉吟

（原载《青岛文学》2019年第10期）

深居简出

梁 平

骑马挎枪的年代已经过去，
眉目传情，只在乎山水。
拈一支草茎闲庭信步，
与素不相识的邻居微笑，与纠结告别。
喝过的酒听过的表白都可以挥发，
巴掌大的心脏腾不出地方，
装不下太多太杂的储物。
小径通往的府南河的活水，鱼虾嬉戏，

熟视无睹树枝上站立的那只白鹭。
那是一只读过唐诗的白鹭，
心生善意，脉脉含情。
后花园怀孕的流浪猫，
哈欠之后，伸展四肢的瑜伽，
在阳光下美轮美奂。丑陋的斑鸠，
也在梳理闪闪发光的羽毛。
我早起沏好的竹叶青，
茶针慢慢打开，温润而平和。

（原载《读诗》2019 年第 1 期）

在去阿姆斯特丹的飞机上

梁　平

从北京到阿姆斯特丹，
起飞的滑行与落地的滑行，
变形在一部电影的半梦半醒之间。
马丁 · 麦克唐纳的《三个广告牌》，
让我不停地转换角色，
走不出舱门。
警察迪克森脸颊的伤疤，
警长威洛比自杀留下的信，
追凶母亲米尔德里德点燃的那把火，
更像是我自己身负重伤。
我在故事里固执地寻找，
那疤、那信、那把火之后，
有一双深藏愧疚、躲闪的眼睛。
我因此而病入膏肓。

被伤害被误解没有人可以幸免，
越接近真相，越是背心发凉。
此刻的阿姆斯特丹看着我，
我看着窗外醒来的风车和郁金香，
满怀感激。从天空到地面，
一次未曾设计的沉重的飞翔，
有了惊心动魄的抚慰。
即使季节模糊，遍地落英，
走出来，居然身轻如燕。

（原载《诗刊》2019 年第 2 期上半月刊）

从巴黎到梅斯

梁　平

从巴黎到梅斯，
高铁两小时，一个片刻。
我在车站外刚掏出烟，一只手伸过来，
我熟悉这个动作，递上一支，
那人的另一只手迅即掏出打火机，
给自己点燃。
我好奇他没有行李，
应该是等待一趟列车进站，
等待我这样一个出站掏烟的家伙，
如愿以偿。我很愿意在异国，
以这样的方式学一次雷锋，
简单地助人为乐。
就像烟盒上标注的汉字：宽窄，
在人家的窄处给人以宽，

不留姓名，不需要人家说感谢。
只不过我记在诗里，在法国，
我做的好事不能如烟，
随风飘去。

（原载《诗刊》2019年第2期上半月刊）

葬　花

离　离

一个人去北山看桃花
开了的花，没开的花
都看见了
她。她的情爱她的婚史
都被从一朵花传到另一朵
她过得凌乱又破碎的日子
都开了

去年之前看过的桃花，今年就不必看了
我知道她们开得摇曳
又动情。她们开完昨天，弥漫的香气
在今天还未散尽

不必动手挖土，用眼泪吧
我把去年看过的桃花
在眼里洗一遍，在骨头和血里洗一遍
她们每一朵都曾开得
惊心动魄
多么不忍心

就那么败掉，比如你和我

（原载《诗刊》2019年9月下半月刊）

这便是爱

离 离

还是那张床
只是换了新的床单和被套
还是那间屋子，地面被反复
扫过，甚至看不见
一根掉下的白发丝
光从窗口涌进来
照见的
还是两个人
一个七十岁，在轻轻擦拭桌子
另一个，在桌子上的相框里
听她反反复复
絮叨

（原载《诗探索》2019年第1辑）

槐 花

离 离

十几年前
我的父亲和母亲
来城里看病

黄昏时，我在小旅馆的门口
一家一家地找
直到门前有棵槐树的那一家
门开了
槐树的叶子很茂盛
几乎完全罩住了
瓦片和门楣
那些叶子，也罩住了
我的母亲藏着病灶的身体

他们就在叶子后面
推门出来
面前是
槐花一样盛开的
他们正上高中的女儿

（原载《诗探索》2019 年第 1 辑）

原　理

毛　子

岁月提供的东西，足够可以
总结这个世界。
但我还在等待未发生的事情
——譬如鱼缸里的金鱼，何时能游过
那块透明的玻璃。
客厅里的桌椅，在我上班时
会不会离家出走……

努力地去想，世界就越接近
测不准原理。

不想这些多好啊，就变得轻松
像飞机把天空
留在了天空

（原载《长江文艺》2019年第2期）

时 间 书

毛 子

自从美国人登上月球
半个世纪又
过去了。

我的妈妈在养老院，说起那一年
九大召开。游行庆祝的人群
通宵达旦，火把映红了
整个夜空。

她越来越健忘，却唠叨着
桂花树和嫦娥。但她
至今不知道
那艘叫阿波罗的飞船。

那一年，阿姆斯特朗
在月球上小心弹跳

而我四岁，扛起红缨枪
刚刚学会摸爬滚打。

（原载《长江文艺》2019 年第 2 期）

从庸常中升起的……

毛　子

果皮箱的语言
胜过首饰盒的语言。
地动仪
胜过地球仪。

从灵魂里转身，巴塔耶凝视
粪便和一切排泄之物。
他似乎要从这确凿的证据中
重建人的哲学

诗歌也是从这作呕的庸常中
升起的。就像吉尔伯特
回忆少年的小镇。
一个发疯的老女人，整日地狂躁、咆哮
当他有一次路过，发现她撅起屁股
在草丛里安静撒尿。
那一刻，他为我们奉献出
一个丑陋的圣母。

（原载《十月》2018 年第 5 期）

并非之诗

毛　子

留下来的东西并不多了
只有可数的事物
固定着世界的模式。

你看天空也只有白天和夜晚
轮流地填充。
自然界也只有雌性和雄性在交配
身体里也只有亚伯和该隐在纠缠
这个行星，也只用自转和公转
重复着循环……

但我着迷于打入另册的存在
它们的蛛丝马迹，透露出
世界还有的样子。
譬如拥有三颗心脏的章鱼，雌雄
共体的蚯蚓
还有植物和生物之间
无法归类的海葵……

进化论至今还没有找到
猿与人之间的物种。
而我的父亲晚年时讲起，他少年小镇上
一个预知未来的瞎子
后来发生的都不幸言中。

这让人怀念那条叫“保罗”的章鱼
在那年的南非世界杯上，它几乎成了
另一个上帝。
现在，又一届世界杯开始了
德国队依然还是德国队，只是当年的队员
已全部退役。

（原载《长江文艺》2019 年第 2 期）

妈妈的电话

毛 焰

热闹的景象不见了
是听不见了。现在这里
变得那样的安静
妈妈在的时候，或许是因为她
爱开玩笑，好动的性格
（这点我完全像她）
她和朋友们打电话，一高兴就忘了
她的声音经常能穿墙而过
尤其是她开心的笑声
如今，我上午的时候睡得很好
只是偶尔在梦里
或是一种想念的错觉中
能隐约听到她的声音
有些语气、内容以及说话的频率
还有她说话时的心情
似乎还蛰伏在这个屋子里
有时候，一恍惚的工夫

她会给我打一个电话
说已经到哪儿哪儿了，让我们不用担心

（原载《读诗》2019年第4期）

在 门 口

毛 焰

屋子里有点闷热
（现在开空调似乎太早）
我索性就去门口待一会
我拿了一个软和的座垫，带了杯茶
坐在楼梯上，吹吹风
像一个行经至此疲累的游人
借此宝地一坐
我也愿意，想象一下
从前的日子（我们什么也没有）
去探望一位朋友，他人不在
往往在他家的门口
找个舒适的地方坐下
耐心等候，那个时候
我们能见上面就是一份额外的惊喜

（原载《读诗》2019年第4期）

一个神秘的东西

毛 焰

脑子被什么东西困扰了一下

转念就忘了
肯定不是个要紧的事
当时，我既没当回事，也没接着细想
或许正因如此
那个玩意儿便时不时地冒个泡
似乎要引起我的在意
于是，我一次又一次地跟着那些泡泡
想要找到它
看看究竟是什么
奇怪了，它就像个世外高人
每当我快接近的时候
它总是一掠而过，然后就没了踪影
直到现在（这是很久以前的事了）
它还是会偶尔地冒个泡
我已习惯了它那一套
早就不急于这一时半会儿了
我安心地等着它——那个东西
突然的某一刻，自己蹦出来，兴许有什么让我恍然大悟呢

（原载《读诗》2019年第4期）

冬　至

马　累

今日冬至，房内
暖气愈加旺盛
午间小寐，恍惚间
听见母亲喊我
记得晚上回家吃饺子

醒来，房内并无任何人
窗外仍阴，天空
仿佛在酝酿一场暴雪
我感觉体内似有一股气流
欲出，连绵

念及昨日，在黄河边
看河水冰化的过程
我追寻一世的夜空与星光，
仿佛要倒扣下来
多么庆幸，它们从未将我遗弃

念及更久远的事物
和眼前父母的苍老
这真理的两极如芒刺在背
猛然间，我已到了
知圣知耻的年纪

再看窗外，北风幽幽
万物晦暗。这样也好
可以再写一首朗朗的诗
可以一起等待
词语里的暴雪和星光

（原载《山东文学》2019年第6期）

认　知

马　累

必须承认的是

我早已丧失了警觉感
丧失了接纳一个
凌空而降的小世界的能力
所以，今后我将以
益母草为师，重新学习
伏地的技巧

就让我再低些，低到
益母草的根部。
低到黄河尽头的腥味里
并允许我，迟钝地
了却灵魂与肉体的那些宿怨。

我发现，所有美的东西都是迂折的
比如固执的河道
再比如，匍匐的真理百转千回

（原载《山东文学》2019年第6期）

陈　述

马　累

我们绝望，并非
生无可恋，而在于拒绝
和解。
当巨大的北方
向天空坦陈伟大
而骄傲的寂静。

我说的有所为
单指流水。它将一个
秋的国度秘密抚平。

我说的有所不为
还是流水。它将灵魂
一分为二：
一半交给短暂、偶然的生活，
一半担负起永恒、必然的
真理。

（原载《诗歌月刊》2019 年第 4 期）

四月的闲话

马高明

合欢树还没有忘记冬天，
杨花柳絮已经尽情飞散。
四月，是乱穿衣的季节，
情人的表情也乍暖还寒。

我独自坐在阳台上，
点燃一支半截的烟：
楼下开阔地的野花丛中，
一只孤独的蝴蝶忽隐忽现。

小姑娘三两成群嬉闹着经过，
几个老人默默地回忆着童年；
也有一个年轻的乞丐，

仔细研究着每一张脸。

四月，是乱穿衣的季节，
我的衣服依旧怀念冬天：
睫毛上的积雪因而迟迟不化，
不过，四季的循环也许是欺骗。

四季之外还有一个季节，
有一回我无意中曾经看见：
那是一个没有水和火的世界，
没有老人，甚至也没有童年……

（原载《读诗》2019 年第 4 期）

照　　片

马高明

从乌有之乡寄来一幅照片
我梦中的一座喧闹的花园

从此浇花成了我的病
撑着身体出入这博大的方寸

但我忽略了鸟，它们从照片里飞走
这间斗室重又寂然无声

而我依旧从泪腺汲水
照片里的土地泛出盐碱

终有一天这张照片被我寄出
又在梦中收回

天亮了，那些鸟归来
找不到了巢穴

在梦外唯一留下的
是四枚黑色的相角

（原载《读诗》2019 年第 4 期）

春　天

马高明

我在蜘蛛的绿血中找到了春天
郁郁葱葱，一片又一片
哦，我找到了春天。

冬天的床单就要融化
惊动死人的就是春天
春天，漂亮的假牙在书柜里生锈
哦，让我们尽情地咀嚼春天

谋杀，用一件钝器
追捕的行动就是春天
蜘蛛撒开密实的网
一切依然清晰可辨
春天从蜘蛛里破腹而出
春天的菜肴色香味俱全

哦，让我们纵情地消化春天

（原载《读诗》2019 年第 4 期）

擦星星的人

麦　豆

晚上十一点，昏暗的灯光下
有人在翻书，有人在深拥
有一个人蹲在河边

他的身旁堆满了
从天上掉到地上的星星
肮脏衰老的星星

晚上十一点，他蹲在河边
用布蘸着河水小心地擦拭着每颗落地的星星
他把擦干净的星星扔进水里
让它们重新回到天上

我默默、远远地望着神秘的擦星人
就像望着孤独、美和光明的使者

这个人是谁？从哪里来？
擦星星是一门古老失传的手艺吗？

渐渐地，他仿佛发现我在看他
就化成一阵黑暗融进了深夜

擦星人真实存在还是我的幻觉？
抬头仰望，天上的星星仿佛从未曾来过人间

（原载《诗探索》作品卷2019年第3辑）

相　聚

麦　豆

与你们相聚在人间
说说话。真好。

你们不在，我就跟
一只天鹅说。跟一位天使说。
跟我的老妈妈说。

她们不在，我就跟
右手的墙壁说。跟桌上的一本旧书说。
跟一张白纸说。

我们来到这个世界
多么像一束束光啊
至今不肯熄灭，照着夜行的灵魂

我们是懂得孤独的。
我们不仅懂得孤独
还懂得不朽的事物是太阳和玫瑰

（原载《钟山》2019年第2期）

菊花或者十月

麦　豆

菊花是不是在这个时候开得最好
亲爱的玛丽
乡下的玛丽
我不知道生日的朋友玛丽
你得写一封信
用蘸有露水的羽毛笔

菊花是不是在这个时候开得最好
亲亲爱的玛丽
乡乡下的玛丽
我不知道住处的朋友玛丽
你得写一封信
饲养菊花和天鹅之余
你得写一封信
海边的蚂蚁身心疲惫
十月的诗歌无法收尾
我的生活
陷入泥沼
亲爱的
玛丽呀玛丽
你得想想办法
用一种或两种办法
或者用手枪
给我写封信

（原载《钟山》2019年第2期）

大 圣 湖

麦 豆

不知为何，又来到湖边
昨日受伤的那只喜鹊，今日不可能已经痊愈。

自行车骑一段，推一段，道路并不平坦。
远处的山顶升起白云，天快黑了。

沿途有山羊、老人和孩子，有野花，也有牛屎。
也有和我一样住进单元楼的农民，在散步。

也许我只是想吹吹湖边的风
看看天慢慢黑下来，覆盖住群山。

也许，这个世上，没人知道孤独是什么
也没人知道孤独在哪里。

（原载《诗潮》2019 年第 7 期）

湛蓝的天空

孟醒石

小时候，我听过自己的声音
没有录音机，就弯腰趴在水缸沿儿上喊话
高高胖胖的水缸肚子，像个大喇叭
使我的声音变粗，瓮声瓮气，像个大人物
如今人近中年，身体如同大水缸

在录音机里，我听自己的声音
感觉非常陌生，那是我吗？
沙哑、黏滞、啰唆、口吃……
说出的话，跟心中想表达的意思差之千里
这声音在宽敞的会议室、演播大厅里飘荡
也发出水缸般瓮声瓮气的回声
水面却未映出纯真的笑脸和湛蓝的天空

（原载《诗潮》2019 年第 8 期）

万物均有自净能力

孟醒石

我不希望自己与故乡有同样的命运
地图上，无极县位于首都正下方五百华里处
既无丘壑，又无块垒，一贯温和恭顺
一只癞蛤蟆就能吞噬破茧之蝶
一只芦花鸡就能遏制螳臂当车
如此这般，进入平庸的中年
记忆里总有农药残留，再收获千次又有何用？

而父亲却认为，万物均有自净能力
芒种后，他用收割机给麦田剃了个“板寸”
只剩下一棵孤零零的杨树，像冲天小辫
大地一下子年轻了三十岁
我可以俯身与它一起玩耍
把月亮当成玻璃球，弹到天上，在星汉中远遁
把黑夜当作戏匣子，竖起耳朵，听风雨来调频

（原载《诗潮》2019 年第 8 期）

收音机

孟醒石

小时候，我有强烈的冲动
拆开它，看看有多少人关在里面
没想到里面全是电子元件
串联成迷宫，干电池腐烂流脓
喇叭上的磁石，吸附着大量铁屑
肯定经历了一场场交锋
究竟谁对谁错？

三十多年过去了，我忽然明白
收音机，这一命名，暗藏天意
它们真的把声音都收走了
像一个个骨灰盒，静静地停放在灵堂上
收走了一位位老人，带走了很多秘密
任凭子孙后代哭泣，扼腕痛惜
也不开口说一句

（原载《诗潮》2019年第8期）

硬气

牛庆国

二哥打电话来　说儿子和媳妇闹离婚
三个孙子可怎么办呢
说着就在电话里哽咽起来

向来硬气的二哥　这件事让他软了
我说怎么会呢
二哥说儿媳妇去城里打工　看上了别人
女人一变心　就比狼还狠
又说儿子没本事　只会种庄稼
庄稼不值钱　就拴不住女人的心
侄儿的媳妇我见过　看起来那么老实的人
怎么说变就变了呢
想着法子劝二哥吧
我知道我说的都是废话
但二哥每一句都听得很认真
二哥后来说了句　好在三个娃
都姓咱的姓
说这话时　我听二哥又有了硬气

（原载《朔方》2019年第6期）

姐　姐

牛庆国

摸着你的头　说好兄弟
抱着你的肩　说咱不怕
有姐姐的人　多么幸福

有时候　想起那些我热爱的女人
真想叫她们一声姐姐
可她们都不是

茫茫人海中

我知道我已叫错过好多人
姐姐　你要原谅我

现在　父亲走了　母亲也走了
没有人知道
我只想抱着姐姐大哭一场

可是　除了远天的一颗星星
我还能把谁叫姐姐

（原载《朔方》2019年第6期）

包　叔

牛庆国

在杏儿岔　石头很少
最硬的是人的拳头
包叔的拳大胳膊粗
他的拳头
一直在我家门口晃来晃去
在他的身后　我一次次攥紧拳头
在炕沿上猛砸
有一次我给弟弟说　咱试试
那年我十几岁　弟弟也十几岁
当我们举起拳头时
并不知道这是在向一个家宣誓
那时　包叔真的吃了一惊
记得撒腿就跑的包叔
身后腾起的黄土淹没了他的背影

时隐时现的一颗头颅
像一只放大了的拳头
他跟人说　好汉不吃眼前亏
硬汉不如跑汉
后来　他主动和我父亲打招呼
叫过我父亲一声哥
从此　父亲就再没怕过包叔
可父亲去世后　包叔没有来
我知道他心里想些什么
但我们送走父亲以后
却去看了他
看他在炕垴上低着头　抽着旱烟
把一张脸都抽黑了
我给他递上一根纸烟时
看见他的手在哆嗦
或许　应该对他说声对不起
可我一直没说

（原载《朔方》2019 年第 6 期）

山　　上

娜　夜

山上　有春天　有我们席地而坐的理由
我们坐着
尽量谈向远方

阳光温暖的时候

松鼠完成了一次晴朗的跳跃
你打了一个盹
呼吸平稳　均匀　不像有什么心事
也不像漫长的婚姻已经出现了问题

抽烟
喝茶
我们谈天说地

迎春花继续开着
开在我们中间　左右
每一朵都是新的
都是今年的
它们全都在替蜜蜂喜欢着自己

而我们　也因为暂时的回避　喜欢着
眼前……
这个上午……

（原载《诗选刊》2019年第5期）

拉卜楞寺

娜　夜

我的围巾被风吹进寺院的时候
那个与我擦间而过　呼呼冒着热气的喇嘛
呼呼地　下山干什么呢？

街上的人少了　集市散了

格桑花顺着大夏河的流水走远了

相面人把手伸进我钱包的时候
那个瞎眼打坐的老阿妈是用什么看见的呢？

接着　她又看见
天堂寺以西
她的小卓玛已经上学了
牧区的春风温暖
教室明亮
鹰　在黑板上飞得很高

今生啊——
来世——
风在风中轮回

凡事宽容　凡事相信　凡事忍耐
——我以为这对我眼下的生活有用
但我并没快乐起来

——我没说啊　佛是怎么知道的呢？

（原载《诗选刊》2019 年第 5 期）

别

娜　夜

辽阔的黄昏　脸上的风　突然停止的愿望

——风吹着有也吹着无
——风吹着大道也吹着歧途

风　吹着断肠人　两匹后会有期的马

——一路平安吧

（原载《诗选刊》2019 年第 5 期）

那是什么时候的我呀

潘洗尘

那是什么时候的我还能
枕着稻田里厚厚的蛙鸣
醒来睡去睡去又醒来
如今窗前的禾苗还在
不停地长
却只有五千亩的寂静
空荡荡寂静
空荡荡

那又是什么时候什么时候的
我呀还能背着女儿
跟院子里的蚂蚱和狗儿
跑来跑去跑来又跑去
如今燕子的翅膀已被女儿
借走了
唯留一排屋檐
空荡荡屋檐
空荡荡

那到底是什么时候
什么时候的我呀还能和母亲
一起坐在家门口
如今只剩我的一颗心
化作孤零零的稻草人
守着母亲的墓地
空荡荡墓地
空荡荡

（原载《读诗》2019年第4期）

有哪一个春天不是绝处逢生

潘洗尘

酝酿了几个季节的雪
终于下了
雪　覆盖了我的母亲
以及整个
广大的北方

此刻　即便是置身另一个
看似阳光明媚的国度
远隔50度的温差
我也能感受到
来势汹汹的
彻骨寒意

只有懒惰的人

这时才会说
冬天已经到了
春天还会远吗

但寒冬是自己离开的吗?

谁能告诉我
有哪一个春天
没经历过生与死的搏斗
有哪一个春天
不是绝处逢生!

（原载《诗刊》2019年第4期上半月刊）

极端的阅读

潘洗尘

自从装了壁炉之后
家里烧得最多的
不是柴
是诗

比如自己的
《燃烧的肝胆》

在我看来
这才是一种
极端的阅读方式
好的诗歌

不仅可以火焰更高
散发的热量
也会更强

所以每天清理炉膛
我都会先把自己的手
洗得干干净净
然后　开始在那一堆
灰烬中
翻捡好诗留下的
舍利子

（原载《读诗》2019 年第 4 期）

我已经活了四十二岁了

青蓝格格

我已经使出浑身的绝技了
在这四十二年中
我练习下厨房的时候也练习下地狱
我可以在前一秒还穿着
泛白的牛仔裤
在后一秒，就立刻换上一袭
缤纷的晚礼服
这仿佛我在前一寸灵魂
突然长高，而在后一寸身体险些落入尘埃
我猜想从来没有另一个人与我一样
我一会儿是凋零的星空
一会儿是周身长满鳞片的美人鱼
哦，一会儿啊，我又是用手捂住胸口的

那位轻吟葬花的少女
当一个人轻推柴扉的时候
我又变成了与某位佳人煮酒论诗的古时候的公子
嘘——
那只是过去
如今，我已经暗下决心了
在四十二岁之后的每一年
我要反反复复地用活着的方式制造死亡
不是因为郁金香太美、玫瑰花太香，而是因为琥珀的心里
隐藏着
光

（原载《中国作家》2019年第3期）

此　生

青蓝格格

此生，只有一个男人让我怀孕
我还记得发现自己怀孕时
我悦耳的尖叫声……
那尖叫声啊，就像泉水叮咚
那尖叫声，禁不起衰老，就像我迷人的眼睛

此生，我只有一个孩子
我一直铭记她，呱呱坠地时刺耳的哭声
那一刻，我幻想
终于有什么熟透了……仿佛
之前，除了我一个人，从未有另一个人诞生

此生，我用节制的觉醒崩溃过
此生，我将苍苍碧色深深掩埋在草莽之中

此生，我也有良田
但我从未理会它是郁郁葱葱还是寸草不生

此生，我深知但我
始终未知的此生啊
我挥霍了你，你却从未将我当成忘恩负义之人

此生哦此生，就让我再次成为
你的孩子吧……
当我想长眠的时候，你要记得轻轻将我唤醒……

（原载《中国作家》2019 年第 3 期）

一个女人的问题

青蓝格格

描述一个女人的问题可以从
描述一件旧裙子开始
又似乎不可以。再往深一些拓展
似乎还可以描述她
交叉的双腿或紧抱的双臂
完全可以忽略她单薄的身体里小溪是否汹涌
不贞节的沟壑
是否纵横

那两枚耸立的宝贝儿

高高的——
已经被分解成许许多多不同的颜色
当她仰面朝天的时候
她仿佛一个有经验的谋杀者战胜了所有的
自杀者……

她离大地与阴间的距离
如此之近
我见过一个女人的
腹部插着刀——
她冰凉而枯萎的身体上裹着一件旧裙子

那一刻，我不停地
告诫自己
要将所有的喧嚣都转换为稀疏的鸟鸣
要在身体里建一座教堂以此抑止邪恶之念随时
浮上来——

她躺下的地方像太阳
还是像笼子
没有一件遗物可以引申出这个慈悲的问题

哦，我忘记
用浓重一些的笔墨去描述她闪耀的脸庞了
但这并不证明她的一生是
淡淡的——

（原载《中国作家》2019年第3期）

风 在 吹

晴朗李寒

风，吹了一夜，
到早晨都没有停歇的意思。
还有比它更能吹的吗?

连日封锁的尘霾退尽了，天地万物
回归本来面目。
透蓝的天空里，一枚月牙儿，一颗小星，
——叮当作响的耳环。

城市亮出参差的牙齿，
西山裸露巨鲸般的脊背。
大风吹过之处，傲气的神祇也低下头颅。

它吹过石头，坚硬的事物
就要开口说话。吹过湖水，
最温柔的事物，也板起了面孔。
还有什么，是它不能吹的?——

当它吹过我，一个行色匆匆的中年人，
就像吹动一本印刷粗陋的书，
吹乱了它的页码，
吹飞了那些平庸散碎的文字。

（原载《诗刊》2019 年第 2 期上半月刊）

山 中

晴朗李寒

我走累了。坐到一块粗糙的石头上。
群山拥围过来，山谷的缝隙
泻下一缕阳光，照亮了
一只灰喜鹊扇动的翅膀。

松风轻拂，鸟鸣悦耳。
我坐在一块石头上，
清凉从我的臀部传遍全身，
躁动的灵魂，温驯地蜷缩进肉体。

我一个人，低于一丛灌木，
小于一块石头，
在群山茂林之间，我放下了做人的荣耀，
忘记了自己是一个人。

如果再有一阵裹挟了花香的微风吹来，
我就会慢慢融化，如果再有一声
浸润了露水的鸟鸣响起，
我就会倏然破碎……

（原载《扬子江》诗刊2019年第3期）

山　雨

晴朗李寒

雨落下来的时候，我恰好走到
一棵松树下。
纤细的松针，承接不住更细的雨丝，
点点滴滴，像是不规则的韵脚
打湿我的头发和衣衫。
没什么可担心的，这是寒露过后，
晨雨打在一个中年人的身上，
仿佛生命迟来的问候。
秋雨在色彩斑驳的林梢沙沙私语，
青色的烟岚
向着山谷深处退去，
偶尔传来的一两声鸟鸣，
像是某种催促，又像是某种提醒。
秋雨落下来，秋天正在加深。
树木交出了果实，
如今正准备交出叶子。
荒草淹没的小径上
没有来人，也没有去影，
灰暗的阴霾里，只有白桦像一束光，
举起一束金黄的火把。
雨声喧哗，包围了我，
但是，我有些等不及了……

（原载《草堂》2019 年第 3 期）

黄 昏

晴朗李寒

暑热退却，黄昏的爽风吹动流云，
幻化为轻盈的霓彩。
树叶哗然喧响，似有美好的事物来临。

我驻足初夏的园中，凝神谛听
一只陌生的小鸟啼啭，
它立在金银木的梢头，忘情鸣叫，
我不认识它，不知道它歌唱的含义，
但是我想不出，世间还有
比这更惬意的事情。

透过云隙，最后一抹夕光
投射下来，四周的花园被瞬间照亮。
我来得及看清了：
最后一朵绽放的蜀葵，松树下
散落的松果和松针，雨水后疯长的
灰菜、狗尾草、小飞蓬。

夏日的黄昏悠长，像舒缓的乐章，
余音袅袅。接下来才是黑夜。
我知道，更多的黑暗正在集结，而我的身体
像吸足了光明的容器，
对黑暗，有了更多期待和耐心。

（原载《诗选刊》2019年第7期）

你好，阳光先生

晴朗李寒

冬日的阳光，从对面高高的楼窗
折射过来，照进书店，
像偶然光临的一位先生。

他彬彬有礼，朝我颔首示意。
我站起身，也报以
同样问候的微笑，默默招呼：
你好，阳光先生！

这无疑是一位爱书者——
他贴近书架，一本本地
细心端详，目光扫过书脊，
照亮它们的名字、作者、出版社。

房间过于拥挤，穿过书摞间的
狭窄通道，
由北向南，他一点点向前挪动！

前后大概停留了十几分钟，
他又轻轻地走了出去。
像默契的老友，我们没有交谈一句。

遇到自己喜欢的书了吗？
安静的上午，这唯一的来访者，
让我的书店多了一丝暖意。

店里的书一本都没有减少，
不过，有位温暖的先生来过，
支付了我十几分钟
明亮的光阴！

（原载《诗刊》2019 年第 2 期上半月刊）

当　然

曲青春

当然　太阳是一个诗人
当你说身体的花园以及
那些词语的蝴蝶和蜂鸟的
翅膀上
阳光在闪耀
是啊　阳光是一个意象派诗人

当然　月亮是一个诗人
当你说黑暗的森林
内心百兽潜伏　　　　唯有
猫头鹰的眼睛是明亮的
是啊　月光是一个意象派诗人

当你说到桂花香　　　　鱼腥
每天你从淤泥里拔出脚时
脚趾里的腐臭以及
天灵盖上的荷香
毫无疑问

清风是一个诗人　　　当然
清风是一个意象派诗人

是啊
我们怎能满足于
仅仅
做一个意象派诗人　终于

我清空了所有　你
以光速穿过真空
不会再有意象反射了
此刻
我真正拥有了你　好像

我是一个真正的诗人

（原载《诗探索》2019 年第 3 辑）

蟾　蜍

曲青春

池塘边的小路上　它
突然
跳了一下　缓慢地

毒包　　　　一下子
在我们身上长满
鸡皮疙瘩　蛤蟆的丑陋

是凸透镜
世界惊悸地变形

负着潮气　秋后最后几场雨里
那些词

心跳一样
蟾蜍动了一下

（原载《诗探索》2019年第3辑）

阿瓦提的刀郎木卡姆

邱华栋

在阿瓦提县的刀郎人村落里
我第一次看到了刀郎人的木卡姆
几十位老人在演唱，年轻人间或伴舞
那么热烈、激扬而丰富
以全部生命的瞬间呈现，演唱着对人生的感喟
老人们忘我了，他们的脸和声音
都是被岁月浸泡过的岩石
沧桑而悠远，深情而动人
我没有听懂一句，但几乎泪流满面
因为我似乎懂得了全部的祈求
和生命内部的能量
我一边喝着穆萨莱斯，这原汁酿造的有一千种味道的葡萄酒
一边观看老人们的十二木卡姆演出
据说这葡萄酒里，融化了一些乳鸽

因此有着鲜血的味道
我神思飘摇而恍惚，游离而出神
在时间的大海里浮游
那一刻，我体会到了音乐、酒和历史混合的力量
从大地的深处上升
后来，我走到了院子里，仰脸观看星空
感到星星都在旋转，大地在摇动
而一种阔大和雄浑的美
在我的体内生成

（原载《人民文学》2019 年第 1 期）

额 济 纳

邱华栋

额济纳，这名字听上去是一朵花
插在美丽少女的头发上，轻微地颤动

苍天般的阿拉善啊，广阔的大地有三十万平方公里
而胡杨林，则小心翼翼地生长在弱水沿岸

这就是额济纳，沙枣花、红柳花已经开遍
这就是额济纳的额头上戴的花

这就是有神树的地方，不光有策克口岸的贸易
那棵六个人手拉手才能围住的神树，占据了土地的精神中心

额济纳的颜色就是秋天里胡杨林的颜色

每一棵树下都有一个人在看：金黄璀璨，烂漫无边

（原载《人民文学》2019 年第 1 期）

我喜欢看你入睡

荣　荣

我喜欢看你入睡　看你一点一点远离
你的柔情在嗓子里卡着蜜意又有什么关系
你进入的时空不再有我又有什么关系

像一艘船浅浅地靠往亲爱的水边
我是沉浸的月色　我是凌晨一点
我就在你身边　这真的很美
你不再关心我的存在又有什么关系
那一会儿　你需要入睡你不需要我
又有什么关系

缺少睡眠的孩子　找到久违的家
我愿意看着你　躲开忽远忽近的嘈杂
穿过睡眠的门廊　客厅　进入卧房
我愿意你安静下来
那一会儿我是多余的又有什么关系

又有什么关系　等你醒来
等你一点一点回转　我们又重逢了
瞧　良辰与美景就在一步开外
走心走肺的情意会多么坦荡

（原载《诗选刊》2019 年第 6 期）

幸　运

荣　荣

闲下来突然惦记你。
真是幸运啊，你说你活着。
这是你惯常的语气：
“真是幸运啊！
名利是夜街上追逐的猫狗。
我有真正的健康，童心和安宁。”
我想象你穿着阔大的衣服，
在菜场里恣意晃荡，也学你造句：
真是幸运啊，生活可以如此宽松。
比起更艰难的旅人，我可以停顿。
比起更黑暗的行走，我可以等候。
真是幸运啊，这些年锁孔没有锈蚀，
门前地毯下总能摸到家的钥匙。
真是幸运啊，我还能去看你。
听细小的火花在我俩掌间哔哔啵啵跳动。

（原载《诗选刊》2019 年第 6 期）

星空下的紫云英

荣　荣

比起满天星云
我更愿看它们河里的倒影

看它们自在地荡漾着
带着坠入凡间的圣物应有的变数

我也愿看挨着河道铺展的大片紫云英
那些花朵也自在地摇曳
并在暗中发出柔光

作为一名闲适的消食者
我会将满天星云与繁花作某种对应
会将自己放进去
左一点　再左一点的
小的安静的
仅此一颗的卑微之心

（原载《诗刊》2019年6月上半月刊）

山茶花开

荣　荣

抱着自己臂膀的女子
穿过暗沉的大街
孤寒的背影闪着寂静的光亮

穿插在行道边的山茶树
也寂静着　应和着一缕晚风
湿润的花碗于低矮处
装几许春意悄然

像一两点莫名情绪里的高亢

神游于天边的人突然垂头
此刻　他是否也被内心的一份奢靡压迫?

天就要黑了
那个无枝无叶漫不经心的人
是我　是你眼里的又一场无声电影

（原载《诗刊》2019年6月上半月刊）

躲　避

孙方杰

为了躲避不幸
每个人都选择了祈福和祷告

有时候，生命就是一秒钟
在一瞬间失去。在一瞬间
似一缕烟遇到了狂风
像一枚核桃，猛然间受到了钝打

我躲避不幸
像昆虫躲避青蛙和蛇的袭击

像雪花飘向烧红的铁砧
期盼一阵风吹来
把自己吹离险境。我在空中飘摇
有着永不融化的愿望

然而，我终将躲避不开热量的吸附
化成了一小片水，蒸腾
终将会成为我的又一次往生

我开始躲避阳光，并且瞪大双眼
寻找河流，湖泊
或者大海的无边无际

（原载《泉州文学》2019 年第 7 期）

多年不见

孙方杰

多年不见。一个老友已经头发稀疏
秃顶的脑门，闪亮着纵情和贪欢
激荡的生活使他过早地驼了背
衰朽的身体，在一个暗下去的橱窗前
停滞。当一个女人
从远处走来，他立即挺直了腰杆
似乎爱情时刻藏在他的体内
那青春的元气，恢复得如此迅疾

遇见他，让我看见了过去的一段时光
那些散发着烈酒和浓茶的日子
他让我忽然间回到了一种痛里
是一种隐隐的不为人知的痛
回到了一条早已拆掉的街道
一座破产的工厂，一片倒闭的商业区
一群失散多年的人

这不期而遇，又让我的衰老
在青春的岁月里活过。当年健壮
而又激情澎湃的青年，垮下去
竟然就是多年不见
像夏天正午的一片云，在片刻凝聚
又在片刻飘散

都老得这么厉害了，在这不期而遇的一瞬
包含了多少不幸，多少恐慌
劳累，愁苦，和百无聊赖

（原载《泉州文学》2019年第7期）

有时候

孙方杰

常常回忆起青春的放纵
和年少无知。常常在一次醉酒里
掩藏起烦闷的心情
我已经耗尽了一个男人的能量
身心时常处在拒绝中，而不是接受
没有了欲望争荣誉
没有了闲情追美色。更多的时候
就想一个人，看灰尘在阳光中飘落
懒于上街看风景，懒于与人聚集
更懒于做任何事情。就想一个人
在某一个地方，画地为牢
关闭所有的念想，让身心陡然放松

让气韵走向大自然，享受那种风吹草低

现在，我走进的中年的生命里
早已没有一流的物品出售
那些肉体绷紧的夜晚，那些迷人的声音
我已经忘记放在了哪个人生的货架里
接下来摆上柜台的是接连不断的
衰老，在皱纹猛烈的攻击中
虚度剩余的光阴。有时候
每当想起这些，我就觉得
衰老是无可救药的。我时常哀伤
用对往昔的回忆，用随手就忘的记忆
用羡慕年轻人的目光，用脱落的牙齿
和用松了的皮

（原载《泉州文学》2019年第7期）

架子车

苏　龙

一辆老旧的架子车
一辆笨重的架子车
一辆和父亲用过的一模一样的架子车
摆在民俗博物馆

我曾经驾着它
在乡间漫无边际地奔跑
我紧握车辕，载着小伙伴跑向天边
那时候，我的手心全是汗

那时候，父亲把我和姐姐拉上高高的山岗
麦子、大豆、玉米、土豆被我们一一搬回乡间
那时候的时间都在路上
那么朴素，有点淡淡的温暖

一辆老旧的架子车
一辆笨重的架子车
一辆快要散架的架子车

他的疼只是我们没有看见

（原载《延河·诗歌特刊》2019年第2期）

老　了

苏　龙

父亲的老是我从电话里感觉到的

“下雪了吗？炕烧热了吗？
穿暖和了吗？关节炎还疼吗？”
父亲在电话里喊道：你说啥？大点声，
你说啥？
我只能一次次将嗓门放到最大高度
而父亲仍然听不清我说的话

这一次
我的语气明显有些生硬、不耐烦
父亲像一个犯了错误的孩子
低声答道：哦、知道了、知道了

其实，我知道他什么也没听见

这一次
父亲多像小时候的我
犯了错而小心翼翼
而我多像父亲年轻时
大声训斥犯了错误的我

父亲老了
仿佛一根经年的木头
内心已被岁月和虫子掏空

但他还是将一个远走他乡的人支撑着

（原载《延河》2019年第7期）

南风古灶

苏历铭

古灶最下端的铁门
开启通往云端的通道
五百年来，无数人添加干柴
火焰持续炽烈
烧掉几个朝代，演绎一代代人的
生生死死

多少能工巧匠
耗尽一生无数个昼夜
塑造一件件绝伦的陶瓷

在浴火重生的蜕变里
让柔软的泥土拥有坚硬的灵魂
呈现惊世骇俗的美

我喜欢古灶的朴素
很像内敛的岭南人
默默劳作，不喜声张
每一阵南风吹过
汗水结晶，巧夺天工的一件件陶瓷
浑然天成

在一家新开张的店铺
我买走了一件敞口的花瓶
并不想放置任何花
只想把它当作念想
带往远方，藏在广袤的民间
像出走于明朝的书童
无人说清去向

（原载《鸭绿江》2019 年第 9 期）

春　分

苏历铭

衲霞屏下的乌龟不见了
碧水里游弋的是一群色彩斑斓的锦鲤
除此之外，我没有看出
园通禅寺的其他变化
焚香祭拜的人依旧不急不躁

但我不敢断定眼前的人群
就是当年遇见的那群人
人世间的悲欢离合是不同版本的小说
无论多么跌宕起伏
结尾只有一个
或者生，或者死

而春雨是永远不变的
在这万物复苏的时节
更是说下就下，落在石板上
青苔迅速掩盖大地的伤痕
落在樱树上，春樱却开始凋谢
先是一瓣一瓣地凋
后来是满树地谢

（原载《鸭绿江》2019 年第 9 期）

小时候的春节

苏历铭

我想起小时候的春节
把面粉调成糨糊
踮起脚尖贴春联
春节的风是刺骨的冷
家人们围坐在屋子中央的火炉旁
在铁壁上烘烤秋天的土豆
它们慢慢裂开缝隙
最后变成暖热心灵的花朵

香气一直弥漫在记忆里
即便行走天下，任何隆重的酒席
都没有香过童年的土豆
它们是我最珍贵的食物
肉身深藏细碎的金子
一直闪烁耀眼的光。这些光
轻易让我淡忘童年的饥饿

每年我都把春节当成生命的节点
不断告别过去的自己
把自己活成一个谜
财富构不成谜面，不过是焦黄的土豆皮
小时候我会把它们全部丢入炉中
听它们在炽热的炭火中
噼噼啪啪响起来

（原载《鸭绿江》2019年第9期）

香山脚下

苏历铭

我能清晰地看见香山顶上的香炉峰
残留的红叶是既往的一滴血
鲜红的，像拇指被针扎破
滴落在白纸上

无法判断山脚下的茶馆是否营业
窗子上曾经布满冰霜

仔细端详，冰霜的背后
藏着一根细长的头发
像风雪中隐现的道路

光阴是一块块青砖
铺满几个朝代，先人们陆续走远
留下残砖碎瓦
后人们视而不见
继续垒砌自己的高墙

我还是最喜欢丛林中的卧佛寺
松柏苍翠，锦鲤满池
怀疑自己前世是一个出家人
不看江湖的嘴脸，只在寺院里
安放柔软的心

许多人正在返乡的路上
我却把故乡弄丢了
真想向遇见的每一个人
恭贺新春，眼睛却忽然一酸
我的故乡越来越远
远得已经看不见

（原载《鸭绿江》2019年第9期）

口红往事

沈浩波

多年以前

我认识一个姑娘
陪她买过两次口红
我觉得她是我见过的
口红涂得最好看的姑娘
从那以后
我见到每个没涂口红的女人都会想
你为什么不涂口红呢
你应该涂口红啊
但我知道我再也不会
遇到一个口红涂得
比她更好看的女人了
如果她是我的爱人
我就为她买一生的口红
每天都有一朵玫瑰
在她嘴唇上绽放
直到皱纹满面
直到白发如霜

（原载《诗潮》2019 年第 5 期）

我在你的身上寻找
——写给儿子

沈浩波

任何时候扭头看你
总是忍不住
像看一种
既神秘又亲切的事物一样

凝视
从你眼中长出的每一片树叶上
寻找我的痕迹
那些并不容易找到的我
像慢慢浮现的星星
一颗颗
被你擦拭得明亮
我在你身上
找到了一堆我
这让我有时欣喜
有时羞涩
有时又自责
而那些既不属于我
也不属于你妈的部分
让我激动又困惑
像是老天的新发明
又像是宇宙和你之间的
一个小秘密
在太阳底下
你新鲜得无解

（原载《读诗》2019年第4期）

饮 酒 诗

沈浩波

那人说道
兀那厮沈浩波
也是个不爽利的汉子

说这话时
必是喝酒之时
那人先饮一杯
我却小抿一口
为啥——
不喜欢白酒那味

白酒我忌辛辣
啤酒我忌平淡
洋酒后劲太大
红酒过于温吞

又不是声色犬马之时
又不是肝胆相照之人
又不是失意人执手喝闷酒
又不是多情自古伤别离

你我喝酒
相见而已
吃饭而已
嚼点花生而已
说点闲话而已
我又何必爽利

于是那人说道
兀那厮沈浩波
也是个不爽利的汉子

我不爽利不要紧

你也不要太爽利才是
每喝必爽者大都酒鬼而已
爱拍胸脯者必是小人无疑

谁配与我对饮
使我烂醉如泥

（原载《读诗》2019年第4期）

小 黄 毛

宋心海

回老屯，听人们喊我小黄毛
他们从背后喊，迎面也喊，扯着嗓子
一声接一声，喊……
这多像喊一条土狗啊
我的小名，原来一直躲在这里

这么多年，我把那些淡黄的
苍白的、柔弱的小黄毛
一根根焗好，藏住，掖紧
生怕它们露出来

从公社，到县城，到哈尔滨，再到北京
记不清，这些年我染了多少次
多少次想听一声
这亲热的呼唤，却没有人喊
或者有人喊过，我却没敢答应

我怕一答应，自己就会醒来
会流泪，会傻乎乎地
退回到王太玉屯的田野里
成为那个，还没来得及拥有官名的孩子

（原载《诗探索》2019年第4辑）

玻璃人

宋心海

这个世界什么都昂贵
我不敢随便伸手
有一次在头等舱休息室
抓紧酸奶的手
突然被一道阴影拂过
闪电般缩了回去
——我怀疑
那盒子是金子银子做的

我的还没褪去茧子的手，出着汗，紧张地
在我的身体上
从一处挪到另一处
不知道放在哪儿好
甚至开始痉挛、僵硬
仿佛是玻璃做的
一不小心就会炸裂

我陷在沙发里不敢动
眼睛仿佛也成了玻璃做的

就要炸裂

我感到悲伤，悲伤也成了玻璃的
呼出的气也成了玻璃的
我感到窒息
身体仿佛也成了玻璃的，就要炸裂

（原载《诗探索》2019年第4辑）

小　村

宋心海

她认不出我的样子了
嵌进山脊的炊烟
有了太多皱纹

只有那些村头的墓地
还是原来的样子
只有那些再也回不来的人
还是我离开时
憨厚的样子

碎裂的屋瓦上
只有我，和两三棵枯草
在摇晃

（原载《诗选刊》2019年第3期）

一天一夜的秋雨

宋晓杰

已过了秋分
诸事尚未露出端倪
如葡萄酒
需要细细地品

内心虚寒的人，说冷
望天长叹的人，说愁
低头沉默的人，说空

只有秋雨，善解人意
它一针一针，耐心地刺着地球
……报仇；泄气。
为不甘心的人
日夜，缝制战袍

（原载《扬子江》2019 年第 1 期）

更多的时候，我留在地面

宋晓杰

越来越懒得出发了
希望所有的日子
都是抵达

今年，我只飞行过三次
也不是急吼吼地赶路
那天，在首都机场的候机厅里
我找了一个没人的角落
呆坐

眼前是通透的落地窗
窗外，四面八方的飞机起飞、落地
四面八方的人啊，起飞、落地
——仿佛来自外星
做一个局外人，是可怕的
我忽然心生恐慌：
对这个熟悉的世界
我不知道的事情
为什么
越来越多

（原载《诗歌月刊》2019 年第 1 期）

蔷薇花开

宋晓杰

水粉已不能胜任
你不知道
中间已经历过黑、白、咖啡和灰
如今，又回到了粉——
清一色的玫粉，圆圆的小团脸
依扶着矮墙
像中学的合唱队

我说：蔷啊，薇啊
就有香气低低的、淡淡的
像露珠在滚，蜻蜓在飞
呼喊彼此的笑声，清泠泠的
水芹菜。哦，我一直记得
小巷的石板路上
我们勾肩搭背的16岁
没有水蛇腰
也很美
蔷薇开不开，真的无所谓
轻轻地念出声来——
如青春、晨曦，新生的苞芽及树梢
……就很美！

（原载《诗歌月刊》2019年第1期）

我不喜欢大面积的菊花

宋晓杰

色彩过于浓艳了，刺眼
它们的大团脸
像大人们喜爱的童年

在北方，公园的菊花展
不收门票，是寒冷里的小阳春
一年的花事，最后的惦念

避开夸张的欢喜和人潮

我，会不会是个案？
其实，我不是不喜欢菊花
只是不喜欢“大面积”
物哀、欢娱，它都占全了
像能说会道的人，终有几分可疑

如果是深山、幽谷的一朵儿
我将晓行夜宿，孤身前往，陪它静坐
——如果它有一点点霜，一点点残
颜色，有阅尽大千的疲倦

（原载《扬子江》2019 年第 1 期）

近　春　分

宋晓杰

春雪落在荒野
新葬的坟茔，盖着湿泥
一颗种子，急着发芽
一个人，急着“回家”
手持铁锹的人，望着天空
喃喃自语——
这次下的，该是雨啦！

时序是一头幼兽
磨牙，疯长
抬高目光，松开四蹄
追啊追

几里之外
成群的白鹭已经归来
——冰水掺半的河岸上
它们起起落落
晾晒翅膀
专注地
洗尘世的灰

（原载《扬子江》2019 年第 1 期）

在广场遇见一只猫

宋艳梅

绿化带钻出的小猫
比巴掌稍大

我蹲下来喊猫咪猫咪
它咪呀咪呀地
裹着毛绒绒的信任偎过来

眼睛眯成两条线段
翕动的鼻子有些湿凉
这柔软的依赖，顺从，我抚摩着
淤积身体里的石头、冰，开始纷落

它舔我的手心，扑打垂下的耳机线、蹭咬裤脚，
给膝盖画梅花……
在人们渐渐散去的

即将入夜的广场

（原载《甜乡》2019年春季刊）

那　　年

宋艳梅

冰雪消融的竹林边
鸟鸣呓语似的进出
我们并排踢踢踏踏地走着

不安如初见猎物的小兽
生疏的肩头在狭窄的空间触碰
脸颊羞涩成两朵桃花

悸动的河流把黑夜视作孤岛
——澎湃着
矜持的鞭子不停地落下来
烟火明灭下的唇不敢吻

（原载《甜乡》2019年春季刊）

早　　晨

宋艳梅

枝头上的曦光
吐出黑夜打磨过的鸟鸣

樱花芬芳成少女的脸庞
新生的叶芽穿过几场风雨
就长出葳蕤的树荫

我重新倒在床上
合上眼，把失眠豢养的石头
又投进黑暗中。耳朵收集来的各种声音
被另一些声音重叠、消灭

这一切并未影响天空越来越亮

大海从远处
朝我倾斜

（原载《甜乡》2019 年春季刊）

这个秋天凉于往年

邵纯生

时光之水安静下来，池边青苔
拦住一片漂浮的落英
像无人的野渡泊着一叶扁舟

我从夏天来，带着一耳朵的蝉鸣
双脚插入沁骨的泥水
凭经验我主观推断：
这个秋天将凉于往年

天空抬高一公里，北方脱去红衣绿衫

露出了多皱粗粝的皮肤
就像手术后的父亲缝合上刀口
无影灯下，露出一脸的苍白

我抑制住内心泛起的感伤
跟似曾相识的灰雁道别，祈福
天冷了，它们就要列阵飞往南方
而我哪里也不去
就在这儿，一个人等候鬓发染霜

更多的叶片和我一样，它们哪儿也去不了
落在水中，如不系之舟

（原载《诗探索·作品卷》2019 年第 1 辑）

寺院的阳光

邵纯生

今年春来早，我坐在寺院的空地上
闭目养神，阳光晒着我
也晒着翻开的一卷经书
和甬道旁几尊安静的佛像
寺院的阳光很久不曾这么暖了
它晒着我花白的头发
也晒着搬家的蚂蚁
和墙根下一丛返青的小草
我还相信寺院的阳光百毒不侵
它晒着我肺叶上的一块阴影
也晒着过敏的喘息

和一只鹰在天上动情的盘旋
我终究是要离去，梵音洗过耳朵
寺院阳光晒着爽净的肉身
也晒着我放下的原罪和过失
水池边一朵枯萎的莲花
倒映出塔尖的虚光

（原载《诗探索·作品卷》2019年第1辑）

月光碎

邵纯生

醉酒归来，踩着松软的空气
街上路灯昏暗，过客不多
碎了一地的月光无人捡拾

凉意如水，流入我肥大的衣领和袖口
这些上天娇宠的孩子，先是
掏我腋窝，继而抚弄胸毛
酒精泡软了我的膝盖骨
我不敢躲闪和逃离，否则
日渐加重的白霜就会淹没我的真身

谁能借我一把扫帚
让我收起这满地的碎银
用来换一壶酒，和几张信手涂鸦的草纸

我不知道将要带走的是钱币还是垃圾？
这么做是不是有点犯贱和自私

在我借酒瞎想的时候，人们陆续入睡
窗灯和街灯一盏接一盏熄灭
只剩下天上为我点燃的月亮
还在冒着迷茫的烟火

（原载《诗探索·作品卷》2019 年第 1 辑）

拉 链

邵纯生

我太久地沉入了时间的黑地
像蚯蚓僵死于过冬的泥土之暗
我一个人的孤独亦是岁月的孤独

没有指南针，我朝着认定的方向一意孤行
雪水渗入地表，惊蛰令环境松软
我依然动作在时间的深处

有铧犁与牛蹄穿过田垄的声音
犹如缝在皮肉上的拉链哧啦豁开
露出体内的秘密，和疼

一个人的孤独莫过于
从暗无天日到重见天日的孤独

（原载《诗探索·作品卷》2019 年第 1 辑）

松　　针

舒丹丹

在梦里，我走上常走的那条山路
在一棵松树下，痛快地哭
那哭声，好像把紧裹的松塔也打开了
我太专注于自我的悲伤了
以至我忘了这是梦
以至我没有发觉，身边的松树
一直在沉默地倾听
将它细密的松针落满了我的周身
我醒来，已记不清松树的模样
但那种歉疚，像松针一样尖锐

（原载《诗探索·作品卷》2019 年第 1 辑）

野　　鹿

舒丹丹

鸟羽有风，松林上有薄雾
夕阳的金手指正抚摸群山的脊背

一棵白蜡树的牵引让山崖躬下身子
俯看脚下两只悠闲的野鹿

我们停车，在松针的阴影里呼吸、倾听
沉陷于周遭渐渐聚拢的黑暗

湖水微漾，神似一种天真
无边的静穆，近于本我

在山野，生命各领其欢，纯粹而自由
如心灵盛开，如鹿垂下眼睑

（原载《诗探索·作品卷》2019 年第 1 辑）

陶然之乐

舒丹丹

黎明刚刚开始，我走出户外
宿热澄清，空气朗澈如远处的山峦

一夜风雨令榕荫更浓。长久静默之后
雀鸟展翅，领受它必然的飞翔

花坛里，园丁沉浸于修剪多余的枯枝
我凑近一盆盛开的茉莉细嗅

云霞满天，令人仰望
砂砾之上亦有陶然之乐

我不再以为，世界乃是出自
一个尽受苦痛折磨的上帝之手

（原载《诗林》2019 年第 1 期）

笼

舒丹丹

从酒店餐厅环绕的落地窗望去
左边玻璃天井里，三只午睡的白虎
右边，一群踱步的火烈鸟

白虎，消瘦如猫
生无可恋，慵懒地卧在假山上
火烈鸟顶一头桀骜红发
在一摊人造水池里迈着伶仃细脚

歆享佳肴的食客，偶尔放下刀叉
对威风扫地的老虎，像佐餐茶点慢加品评
或将一只白眼向天的酷鸟
用长镜头拉近，端详每片愤怒的羽毛

各自为阵，互为映衬
隔着玻璃囚笼，世界安全而稳定
人漠视老虎的痛苦，以忘却自己的困顿
面容僵死的卵石间，火烈鸟们
同人一样，找寻食物和睡眠——

世界呈现和谐的假象：猎物们
安于各自的牢笼，谁也不懂谁的悲哀

（原载《诗歌月刊》2019 年第 2 期）

对　视

商　震

我站在南山上看江北
江北的楼群和道路
密匝匝地像一个大沙盘

我想象此时江北有人在看我
说我是南山的一块石头或一棵草
假设此时我也看到了你
你是一株灌木或落在灌木上的蜻蜓

一江之隔
我们都把对方看小了

长江不理会人间的事
只有人会在意远去的水

我不看你时
你看不到我
我们不再对视了
不会影响东去的江水

（原载《十月》2019 年第 2 期）

葡　萄

商　震

葡萄是酸的
不是没吃到葡萄的人说的
我吃了葡萄
也认为是酸的

我吃葡萄时
风正大天很热
葡萄入口
比我的舌头还要温软

柔软的葡萄
让我放松了警惕
尖利的酸
顺势进入我心底

吃进去的葡萄
像正爱着的人
无论多酸
嘴里也要说甜
脸上还要荡漾着笑

（原载《十月》2019年第2期）

不　忘

商　震

一个须发皆白的老人
每天用毛笔练字
所写的内容
是白居易的半句诗
“老来多健忘”
“老来多健忘”
这五个字
他抄写了三年

耄耋之年
该忘的事早就忘了
他一定是有不能忘的事
才使他固执在这半句诗里
而后面那半句
“唯不忘相思”
他只字不碰

（原载《十月》2019年第2期）

石头墙

商　震

这面石头墙

是一百年前的遗存
本来已经是废墟
现在却成了
人们诉说历史的地方
野花沿着墙根肆意开放

友人让我和石头墙合影
用来证明我曾在旧事物前驻足
我站在墙下整理一下衣服
想让现代文明与墙
有较大的反差
可是我发现
裸露斑驳的墙
比我的衣服漂亮

友人按下相机快门时
我故意低下了头
希望照片里能更多地表现
石头上古老的光芒

（原载《十月》2019 年第 2 期）

我们还是分手的好

尚仲敏

我们曾经一起坐在那里
看屈原的诗
怎样把满河弄得全是泪水
这时我们就想

我们恐怕离不开这河了
往后便是冬天的日子
是大雪飞扬的日子
我们说过的那些话
连同那条河
都结上了一层薄薄的冰
这时候我们就想
恐怕春季快要来了

春季还没有来临
我们的眼睛
却结上了一层薄薄的冰
这时我们就想
我们恐怕等不到这一天了
我们还是分手的好

（原载《诗潮》2019 年第 1 期）

黑　暗

田　禾

天已黑尽，秋芦苇在水边战栗，
河堤上有灯火划过的痕迹。

河水哗啦啦流过这夜晚，
穿过黑暗中一座桥孔的缝隙。

黑暗中的风铃草将要结霜，
在半夜停止了长势。

我和吴蒙摸黑在河堤上走路，
河里的鱼不时搅起怪异的响动。

找不到什么为自己壮胆，
我们就走着整齐一致的步子。

（原载《诗刊》2019 年 6 月上半月刊）

秋风辞

田禾

秋风吹着清晨的黑云岭和见松坡，
吹着黄昏下的白菜地和吃玉米的孩子。

天多数时候灰着一张脸，
父亲那天在剩余的黄昏里埋头磨刀。

我那天躲在高粱地里幻想。秋风吹到
一个没有地名的地方，又折回来。

秋风吹。到处都是枯黄和坠落，
吹着原野上的一片芦苇提前死亡。

秋风过后，北风会接着吹，
我三伯赶紧糊上漏风的门缝。

（原载《诗选刊》2019 年第 6 期）

黄泥小道，及我的乡村叙事

谈雅丽

一个安静的、适合叙事的傍晚
一条黄泥小道通向莲塘和稻田
从山之巅倾斜下来——
将影子倒映于黄昏的湖水

晚餐后母亲蹲在水池边洗碗
父亲站在药房收拾白天晒的陈皮白术
他把龟板放在最上层的抽屉
侄儿骑一辆红色的跑车冲上陡坡
又风驰电掣地冲了下来
左右乡邻和颜悦色问我家长里短

几家灯火照亮小城之夜
有时候昏暗也是一种心情
清寂中有狗吠传来——
卖家具的邻居年后搬进城里
他把房子锁好，钥匙搁在母亲的手上

镇上傻儿来喜因雨回不了他的小屋
就在人家偏屋的棺材里睡了整夜
母亲在堂屋唠叨昨夜空降的暴风雨
一个安静的、适合叙事的傍晚
一条黄泥小道通向莲塘和稻田

（原载《诗刊》2019年第1期下半月刊）

徐徐降落的黄昏

谈雅丽

走得太远了，我已无法从幻觉中抽身
失陪——漫山遍野都得不到你的消息
我太像一块倔强的顽石了
一次次投向你，绝望地听不到任何回声

这里的记忆被无限放大、延长
春天第一次见你时樱花飞满
此后痴迷于无数想象的瞬间

与其说我受困于你，不如说我受困于
此刻，这将熄未熄的黄昏
受困于一片树叶，它将落未落时的恐慌

（原载《扬子江诗刊》2019 年第 2 期）

我的心是一座迷雾山冈

谈雅丽

你悄无声息到来，口气变得温和
这一天忽然完整了——

最轻的幸福等同于最轻的脆弱
我模糊地看不清你
我的心是一座大雾笼罩的山冈

我怀疑命运故意设置迷局
使我不能得到那枚闪光的钥匙
如果门关着，也没有谁去推开一扇窗户
明媚的春光会随哗哗流水走远

我的快乐也正是我的悲伤
下雨了——
雨在大地漫不经心地钉着钉子

——我要在遇到你的那天醒来

（原载《诗探索》2019 年第 1 辑）

沅水渡口

谈雅丽

我想指给你看——
少年时我看落日的沅水渡口
许多年过去，锈迹斑斑的轮渡运来
又运走不同的时间

那轮落日如今还浸没在江水里
贴水飞行的江鸥却早已不是往年那只
我们在江边站一会儿，想想我们经历过
泥沙俱下的生活，想想别离——深爱
光阴的延续和忘记

四野苍茫
河水越来越暗——
越来越暗
静悄悄的，它不回头
就向西归入了大海

（原载《诗探索》2019年第1辑）

失 败 者

王单单

明晃晃的，阳光落在桌子上
这个寂静的早晨，托马斯·哈代
与我相遇在花鹿坪村，一间
凌乱的屋子里。当我翻到
第四百八十页时，一只黄雀飞进来
不停地撞击着天花板与墙壁
它那么惊慌，我甚至担心
它会误伤自己，我捧着它
从窗口放出去。当它飞离我的手心时
翅翼下扇出一股
微凉的风，作为一种回馈
托马斯先生，整个夏天我都被
关在这里，现在
我要写诗了，只有它
能让我飞出现实的藩篱
托马斯先生，一个囚徒
若能被自己的诗歌捉住

并释放，该是多么
幸运的事啊

（原载《青年文学》2019 年第 4 期）

灰　鹳

王单单

河流改道。为了倒映
两岸的灯火，它被迫穿城而过
一只灰鹳盘旋在夜空
把高楼林立，当作自己的芦苇荡
而城市，却像一片陌生的沼泽
让它警惕。好几次
它都差点降落了
最终又飞离。我的房间
在酒店的 28 楼

开着灯，透过落地窗
静静地看着这一切
或许，这只灰鹳
也看到了我，或许
在它眼里，我只是
摇晃的芦苇叶上
被虫子咬出来的
一个缺口而已

（原载《草堂》2019 年第 2 期）

锯 木 场

吴乙一

苏醒过来的只是苔藓、蕨、车前草
它们打开陈旧的身体
接纳空气中的湿润。雨水漫不经心
一次次飘过码放齐整的原木
全都没有落下来的意思

如今，仿佛巨大坟场的锯木厂
空无一人，适合我独自在此
俯下身子反复打听——

你见过生来就不带姓氏的杂木吗？
你见过落叶，见过
沾在它上面的晨曦吗？
你是否相信斧头和拖拉机
最后的下落？

你可知道，森林里，谁做成椅子的扶手
谁成了一扇坚硬的门？

雨越下越大。一只黝黑的鸟站在烟窗上
它身上滴着水
却没有转身看我一眼

（原载《羊城晚报》2019 年 4 月 16 日）

再深一点

吴开展

给我点时间，让我爱再深一点
比蚯蚓的穴深，比梧桐的根深，甚至
比大海还深

不要说村庄里没有奇迹发生
你看杏花没人求就开了
桃花没人说媒就嫁了
春风从麦田里踱回家，谁都看得出它的醉意
入夜，月光总是试探老井的深度
猫叫的不是春，是比这老井还深的寂寞
和荒芜

洋槐花盛开的五月，麦芒刺破阳光的皮肤
觉得痒就对了，我痛恨不疼不痒的诗歌
也痛恨不疼不痒的友谊和爱情

不爱到骨头，你知道什么叫灵魂
不爱到死，你活得就像棵臭椿

（原载《文学港》2019年第3期）

与女儿书

吴开展

女儿，这世间的许多甜
我都替你尝过了；这世间的许多苦
我也替你吃过了。现在，我要把生活
原汁原味地递给你——

尝到了甜头，你就笑笑；吃到了苦头
你就吐吐舌头，没什么大不了
一个人，一生
总共也渡过不了几条河
如果你在甜里
吃到了苦，或是在苦里
品到了甜，女儿，不用告诉我
你的感觉我都有过，生活的滋味
原本就这么多

女儿，你是我的生，我的命
你的父亲一生也没学会偷偷飞翔
你是我和一个好女人变成的另一只
蝴蝶，希望你永远保持飞翔的姿势
愿意怎么飞就怎么飞
我们将暗中跟踪你，走遍天空土地
女儿呀，请记住
你应该永远像我的遗憾
一样美

（原载《芳草》2019年第1期）

忏　悔

吴开展

再破的房子，能看到炊烟就有亲人
再崎岖的路，能看见草芽就是春天

母亲，我有罪——
填籍贯的时候，我只填到省
朋友问起老家，我最多只说到县

祖国，我有罪——
在诗歌中我只写桃花杏花甚至只写芍药和牡丹
在文章里我也只写都市的繁华和月亮的笑脸

我是哭着写下这些的，母亲
你看春天来了，那些小小的苦荠菜坚强的荠菜花
就要泪珠儿一样，开满田野……

（原载《文学》2019年第3期）

画自己

小　西

在折扇上画自己
遇见熟人，扇子合起
遇见陌生者，将其打开

他们会看到扇面上——
那个潦草的我
虚无的我
一望无际的我
黑白分明的我
被我折来折去的我

（原载《诗探索》2019 年第 1 辑）

冬日杂记

小　西

我想到了思想的匮乏
及皱巴巴纸片上
落着的初雪，小到不足以引起
民众的兴奋。

又想到《辛德勒的名单》中的某个镜头
“二战”时期，一群犹太人的消失
只需要挖一个很大的坑。
“叔叔，请把我埋得浅一点好吗？
要不等妈妈来找我的时候，就找不到了。”
天真的小女孩请求纳粹士兵。

我还想到了植被和雨水
一刻不停地，在别处生长

最后想到的是火

这个最容易熄灭的词语
它会经过我们的身体
即使没有风

（原载《诗探索》2019年第1辑）

我们是如何做到的

小　西

一只猫趴在桌子上，没有风
这是我要强调的。
它嘴角最下方的一根胡须
却在抖动。只让一根抖动
它是如何做到的？

坐在对面的蒲团上
阳光从头顶倾泻下来
我惊奇地发现前额上，也有
一根发丝在动

我们什么也没做
那么是谁？无限的宇宙？
它有这种能力，在奔跑时
只让其中一根毛发跳舞
而其他的必须保持安静

（原载《人民文学》2019年第6期）

无暇道别

小　西

爬上山，终于弄清楚一株艾草的居住地
它的苦香和安静，不属于任何人
我想把它带走，好久以前就这样想过
但我只能放弃
我越来越像我了。胆小善良，又不思进取

下山后回家，我拿起
林伍德·巴克雷写的《无暇道别》
辛西娅用25年前的故事
把我引入一场迷局
当看到第191页，辛西娅在湖底找到
多年前不告而别的亲人，真相即将揭开
我停在那里，突然想起一个人
她整个面容都是模糊的
只记得也在一个春天
她穿着蓝色的校服，用美工刀在一面灰墙上
刻了两个字：消失

（原载《飞天》2019年第6期）

猴面包果

薛依依

亲爱的　我不能说爱你了　蜈蚣的毒汁

正滴落在我的唇间

那冲向天空的是你
那跃入鱼群的是我

脱掉手表的时刻　猴面包果在枝头肿胀
一杯夜色　照着干瘪懦弱的内心　喂养的猛兽
在咀嚼着干草

（原载《诗探索》2019 年第 1 辑）

坏　小　孩

薛依依

永远都不知道下一秒会写出什么
波罗奢花顶着骄傲的王冠朝我大笑
给你机会　要袒露裙袍的破洞
让食物腐烂于厨房的窗前
让音符戛然而止于琴键

是我　戳碎镜中之花　赞美疼痛的根源
率真地玩着禁锢的游戏
朝太阳扔进汪洋的大海
小心地对着贝壳坦露真言
它接受我成为一个坏小孩

（原载《诗探索·作品卷》2019 年第 1 辑）

黄昏的佐渡村

薛依依

融入昏暗而寂静的田野
蓝色的鸢尾花随着清风在摇摆

我总想向远处再走近一些
那里有一片光晕在召唤我前行
那里闪烁着迷人的光芒
每走近一些，身上的夜色似乎更深一些

是否可以像苜蓿草一样温柔
攀爬在大地上辽阔无疆
是否可以像树木一样严谨
土壤之下比天空之上更为周全

不远处的村庄慢慢亮起一盏盏的灯光
是否有一盏，可以疗我颠沛之伤

（原载《诗刊》2019 年 2 月下半月刊）

偷时间的巫师

薛依依

一个偷时间的巫师
他每天从遇见的 60 个人身上人均偷取一秒
有时把这 60 秒给正在车站道别的人

有时给准备签下离婚协议的夫妻
有时给拥抱年迈父母的孩子
当他把60秒给了我
我看见他眼睛里有一个生命正垂死在影子里
我用这60秒，含着泪吻了我的爱人

（原载《诗林》2019年第4期）

湖边的一个下午

熊　曼

要穿过一排肮脏的小店
才能到达湖边
被生活用旧的妇人在剁猪肉
动作熟练且麻木
一只花猫在旁边静候着
这是日常中容易被忽略的部分
一艘船泊在湖面上
斑驳的船体显示它已被遗弃多时
树在发芽，花在开
空气中有花粉私相授受的气息
无意义的风从湖面吹过来
带来水汽和凉意
鱼跃出水面，引来飞鸟盘旋
更细小的虫子在树叶间穿梭寻觅
一棵树孤零零地站在湖边
自它诞生那日起就如此
天地不言，但动静更替
以有形或无形之物

以色声香味法示人
生命的本质是活着或死去
孤独或繁殖

（原载《诗刊》2019 年第 8 期上半月刊）

天暗下来

熊　曼

溪边担水的少妇，眼睛越来越亮
她要赶在天黑之前，浇完坡地上的红薯

扁担被她从左肩挪到右肩
水花溅出来，淋湿了夜晚的睫毛

她的小女儿坐在地边，一遍遍唤着妈妈——
她应答着。除了声音，她没有更好的安慰

山风吹拂着，送来木柴燃烧的香气
她加快脚步，在更深的黑暗到来之前

（原载《诗探索》2019 年第 1 辑）

留　守

熊　曼

雪落在水面上，很快化掉
两只野鸭子出现在水中央

雪落在远处的田野和山坡上
也落在王小朵扑闪着的睫毛上

偌大的池塘边，只有王小朵
在洗衣服，擦鼻涕，哈气

每擦一次，她就想好了好了
就要洗完了。每对着红肿的手

哈出一口气，她就想好了好了
冬天就要结束，姆妈就要回来了

（原载《诗探索》2019年第1辑）

出生地

熊 焱

我确信，这村路上拾级而上的脚步
是我年近不惑的中年，重返童年的背影
我确信，尘封的碗窑里
烧黑的岁月，有一碗是我白釉的青春

我确信，那个吊脚楼下晒太阳的老人
正是我的暮年，白露偷走我双鬓上的黑夜

从村口走到山巅，我确信这苍翠的山岭
是母亲的臂弯，容纳我疲惫的梦从晨曦中起身
只是，只是我不配做她的孩子

从这里离乡的人已走得太远
我们都辜负了这美好的出生地

（原载《诗刊》2019 年第 2 期下半月刊）

冬天的气息

熊　焱

父亲出门了，走得很急
门缝掠进来的一阵风，像刀
在石头上磨砺。哥哥坐在窗下写作业
用“希望”造句，字迹歪歪斜斜——
“我希望爸爸挣到很多很多钱”
虚弱的母亲眼神迷离，守着炉火熬药
沸腾的药罐里，中药的味道扑出来
就像那个冬天的气息。我用刀削一把木剑
把它当成我七岁生日的礼品，并在心里祈祷
父亲能够从外婆家借到钱。光线渐渐暗下来
我家的狗来到门外拍门，嘴里呜呜有声
我起身开门，看到窗外的雪
依旧下得那么大，那么密

（原载《天涯》2019 年第 4 期）

我一次次看见大海

熊　焱

在连云港，我第一次看见大海

那是阳光下风平浪静的大海
像一块深蓝的大翡翠，刚刚从梦中醒来

迢迢千里，我从大山中赶来
却没有激动和惊喜。仿佛因为初见
我和大海，都有着羞涩的宁静

后来，在厦门和三亚，在青岛和烟台……
我一次次地看见大海粗暴的翻身、愤怒的咆哮
看见大海的蓝袍下裹着战栗的喘息

现在，我站在温岭的海边
细雨蒙蒙，大海像一个久病的人
做着恍惚的梦。海潮涌起来，又退下去
日复一日，大海从未离开
但时间却已悄悄走远，从我的眼角带来细浪
从我的鬓边落下小雪。多快啊，我已年近中年
我历经的岁月，仿佛大海苍茫的烟雨
唯有层层叠叠的涛声，是大海耳提面命的教诲——
作为诗人，我要捞起那些雪白的海浪
那是大海翻晒的盐，正好用来给这寡淡的人心
加一勺咸湿的钙

（原载《上海诗人》2019 年第 1 期）

癸　巳

谢　虹

彼时　我在聊斋里散着步

侧身就遇到了雨水日
还有乔生的一张还阳符
只苦于时辰未到
对着三月的河水我只画好了半张脸

我若为鱼也定会浮出水面
还我能舞的双足多好　当然能开口说话更好
刀割　我绝不喊疼
我等癸巳清明的白露对雨水使个眼色

惊蛰未到　我和小虫子们早就全乱了

（原载《诗探索》2019 年第 3 辑）

醉 春 风

谢　虹

赤脚　鹅卵石的小径
那些不知名的花朵　比桃花媚比杏花小

一袭薄衫　伴春风入梦
我要赶在谷雨之前到达草鞋码头
从青花姑娘那里选三只上好的瓷罐
用黎明前的雨水润泽了
待到四月小满　果子们酸甜可口
一罐青梅、一罐胡颓子、一罐桑葚
用老冰糖加上桃花蕊细细地酿

当然　在你到来之前

我必须趁着春色先把自己灌醉

（原载《诗探索》2019 年第 3 辑）

故乡，让我们素颜相见

谢 虹

就青草罗裙吧
让我们素颜相见
崇尚自然　醉心于风、雅、颂
称万物为父母

开卷在木兰花令、醉花阴中
携千蔬唤百谷
拱手施礼向大地学艺取经

今夜　风行于水
我们席地而坐
呼清照、柳永、秦观在农事的歌声中
免过往　免案牍
一粒又一粒饱满的种子
是我们相见的物证

（原载《诗探索》2019 年第 3 辑）

我是一只早春的凤蝶

谢 虹

我试图在微风里侧身行走

沿着光线飘到篱笆墙外
我听到蚯蚓松土的沙沙声　草籽的呐喊声
蛾子、青虫、一条小蛇的蠕动声
偶尔会传来枯枝细小的破碎声
熟悉的　不熟悉的小兽们的呼唤声
树木、溪流、草场、群山的震颤声
万物种子的萌动还有男人女人的嬉闹声

她们是那么熟悉而美妙
以各自的方式　试探着　吸引着
我区别于他人的是在隐匿之所把故事说给太阳听

在早春　我只是一枚贪食的凤蝶
把自己　把所有的声音一再缩小了又缩小

（原载《诗探索》2019年第3辑）

冈什卡雪山

夕　夏

下车的时候，遇见一位藏区孩子
她的衣袖沾了几根羊毛，正和几只羊羔追逐
我们走近，脸上两块羞涩的高原红顿时
更加敏感，有些害怕生人
一个藏族老妇人从毡房出来
我们走进房子借宿，刚刚那个
害羞的女孩搬来几个凳子

风吼着冈什卡雪山的雪，夹杂了草原的清香
外面还有过冬的羊羔，它们在雪里依偎生长

这个时刻，天空出现星辰
平静如风吹草地，雪落群山
把崇敬俯向大地
把春天关在茫茫原野

（原载《诗探索》2019年第4辑）

一块朝圣石

夕 夏

往返西藏期间
我多次住在一个名叫派嘎的小村落
次旺拉姆的家就在此地
有一次，我从拉萨下来
冬天的风雪在旷野上撕扯着，低矮的枯草瑟瑟抖动
冷漠的阳光在灰白的乱云中时暗时明
行人稀少，牛羊罕见
世界充满空荡荡的茫然
远处，两块看不清的石块埋在雪里
这是部落送给昭寺的梯台石
那块光滑的大石头像被牛羊眼泪清洗的神
卧在那里，那里就有佛的慈悲

（原载《诗探索》2019年第4辑）

无　　题

徐　晓

该怎样把流入一个人一生中的水　都赶进大海
该怎样把一个人手心里攥紧的风声　都送回天空
这些年　我经过许多河流
它们喂养我　洗濯我　进入我的梦境
不知不觉我也像水一样流淌　流向我的命途　流向你
而在深夜　我无数次与骨头里的风声不期而遇
它们像火山一样在我身体里藏匿　密谋
就这样　我的内心有时盈满　被滚烫的水灼烧
有时空荡荡　像世上所有人都抛弃了我
这样想着　我就想哭
就怎么也止不住悲伤

（原载《诗探索》2019 年第 1 辑）

对　不　起

徐　晓

时候到了。你来看我
一朵白云尾随你身后
墙角里那丛墨绿的苔藓，有着
我们的影子。你抱紧了我

我知道，你的火焰正在点燃

我雪白的牙齿，慌乱的眼神，
害羞的乳房和停不下来的心跳
鼓楼突兀的钟声吓跑一对嬉戏的鱼儿
我突然想换一个地方

哦，真是对不起
我必须以逃避的方式，向你证明：
我是你听过的风声中最弱小的一抹
我是你见过的海浪中最沉默的一朵
我是你爱过的女人中最胆怯的一个

（原载《诗探索》2019年第1辑）

空

徐　晓

我不再年轻，活得粗糙，空有
一副好皮囊，浪费这美好光阴
我悲伤，心有暗疾，习惯
打碎了牙齿连血一起吞下去
一双腿，总是误入歧途
一双手，在空气中空着
什么也抓不住
一张嘴，大张着，不知说什么

我羡慕一朵云，来去无踪
由大变小，再变无，没有疼痛
我也曾有过爱情，因为爱他

而承受了无尽的挫折，如今
我满怀秋风，在夕阳下的十字路口
伫立，像个烈士。有时候我会
突然捂住肚子蹲下来
我体内储藏着大量不被消化的铁

（原载《草堂》2019 年第 3 期）

给　　你

徐　晓

认识你时，你已是那隐居桃源的智者
看山是山，看水还是水
看我，是雾里看花

你我之间隔着大雾，也隔着
大雾弥漫的许多个早晨

你曾拥有过的激荡的盛年
是一个灰色调的故事
如果可以，我想在此基础上
展开虚构，开头便是：

蝴蝶飞入花园，却已是深秋
她静静落在一株枯败的枝干上
那时，夜幕正降下来

（原载《草堂》2019 年第 3 期）

花帽子：致园丁

徐俊国

蜗牛小，小得正好，
鸭跖花也小，
小得正好落在
蜗牛的两个触角之间。
爱你的时候，
我就是那只蜗牛了。
很小的我，
戴着小小的花帽子，
走一走
你踩过的大脚印，
尝一尝
哀伤的土腥味。
我爬上木槿，
正好看到你迎风流泪，
我不知所措，
一低头，
鸭跖花掉到
蒺藜上。

（原载《扬子江诗刊》2019 年第 3 期）

晨有露：致珍珠

徐俊国

晨有露。万物找回了昨天的心。

花瓣似汤匙，盈满浓稠的喜悦。
白头翁来吃我的葡萄，我唱歌给它听。
花栗鼠来啃我的马铃薯，
我送给它雅姆的诗句做晚餐。

晨有露，高处的事物
慢慢获得了慈祥的资格。
低处的翅羽缩回壳里，
顺着藤蔓落回根部的疤痕。

八月抻高了蓊郁的树冠，与清风齐眉。
天上那光辉从密叶间落下来，
在鸽子的背上散成珍珠。

（原载《扬子江诗刊》2019 年第 3 期）

黄昏：致鹤望兰

徐俊国

一天的脚步，被许多道路用完。
黄昏降临，地平线了无新意。
从昨天开始，
鹤望兰用完了漫长的花期，
它将用今天的枯萎，兑现明天的挽歌。
我轻轻掰开它的小嘴，
里面竟然露出崭新的花瓣。
秘密的灵魂向来这样，
埋伏着一些小火焰，

不被打开，也不被发现。

（原载《诗选刊》2019 年第 3 期）

悲秋：致一个字一个字

徐俊国

你说秋虫叫得好听，
其实它们在悲秋。

悲秋就是用翅膀上的霜，
或者嗓子里的雪，
表达凉薄的愁。

小愁是芭蕉表达风，
大愁是虫子在啃老皇帝的家书。

我爱的人在远方替我喝酒，
我有些难过。

一首诗越写越短，
我往时光的深渊里看了看，
一个字一个字，泪流满面。

（原载《诗选刊》2019 年第 3 期）

四川女人

尹丽川

我的母亲以勤劳著称
两小时车程上下班
回家还是她做饭
家务更不必说
三个孩子
上中学才买衣服穿
之前都是亲手密密缝
而父亲每周只有两次课
但是父亲高蹈
只问国家社稷

可母亲不如外婆
外婆养育了十个子女
还没耽误打麻将
又继续抚育子女的子女
还是没耽误打麻将

而我有了两个女儿
请了两个阿姨
依然是兵荒马乱人仰马翻
一边以当代女性的词汇抱怨
一边惭愧强悍基因的流逝

我想念我的外婆
大学时走在约会的途中

听到她离世的消息
那是一个夏日午后
阳光炽烈，忽然沉甸甸的
似有了轻微的重量

（原载《汉诗》2019年第3期）

青　春

尹丽川

有些夜晚像下雪的夜晚一样寂静
心事也纷纷扬扬，有如细雪
活在人世
我们是烛火融于灯下
而每当时光坠入旧时光
那些温柔的情景就重现
你在月光下大声歌唱
眼里闪动光芒
每道水纹都泛着月华的鳞片
青春是一个浑蛋的好心
是铁渣中的黄金

（原载《汉诗》2019年第3期）

这次很快乐

尹丽川

一对老夫妻送另一对老夫妻

送行的老头，抱着一箱水果和一箱牛奶
一直抱着，直到过检查关口，才把两个箱子放进传输带
两个老头对望，伸手握了一握

被送的老太太，忽然道：这次很快乐
送她的那个老太太，就拍了拍她的肩
用手拈去被送的老太太毛背心上不知怎么粘上的一根线

他们挥挥手就此别过，都没有说再见

（原载《汉诗》2019年第3期）

旧事（给海子）

叶 梓

十几年前的夏天
我去你的墓地、出生的小村
见到了你年迈的父母
以及那个简陋普通的杂货铺子

屋后的棉花地里
南方的风吹拂着轻盈的绿色

十几年后
我迁居南方
却很少怀念那片懂得沉默的棉花地

——我们的魂灵越来越远
是谁偷走了曾经的我
又是谁把我安放在雨夜飒飒的江南

让我变成喜欢喝点小酒、靠回忆度日的中年男人

（原载《诗刊》2019年1月上半月刊）

回忆一个足球之夜

叶 梓

细细的雨
斜斜地飘进小酒馆
我、你、他，三个人，还有小酒馆的光头老板
像促膝而谈的老朋友，挤在一起
沉浸于罗纳尔多帽子戏法的行云流水里
偶尔，我们合拍的尖叫
冲破雨点清洗过的夜色
让隔壁一位失眠的老妇人误以为是一帮疯子或者酒鬼
我知道，第二天上午我要去银行办理按揭贷款的繁复手续
但我还是在上世纪末的这座西北小城喊哑了自己的嗓子
——现在想起来，那样的夜晚遥不可及
不仅仅是我青年时代里浪漫主义的一部分
甚至是超现实主义的一部分

（原载《诗刊》2019年1月上半月刊）

草幽木清，安且吉兮
——谒吴昌硕故居

叶 梓

初夏

田野与群山退去
一条清澈小溪引领我来到了郭吴老街

修葺一新的故居失去了本来的竹香:
游客如云
打扮新潮的美院学生深陷在恋爱里
根本不知道他曾经孤苦伶仃的童年

——哦，谁还会想起他逃难的岁月
就像没有人怀着虔诚的心灵抵达一样

谛听!
听不到古旧的脚步声了
唯见窄小窗户下那张古朴的书桌、自制的刻刀与笔架
被时光涂上了荒凉之色

不远处的状元桥
我没去登临
因为来自大地的教诲更加深刻

（原载《诗刊》2019年1月上半月刊）

新春誓言

伊　沙

不论时代
将经历怎样的
中国式循环
你都只有一辈子

一旦醒来
就不能再睡过去
一旦站起
就不能再跪下去
一旦开蒙
就不能再蠢回去
一旦起飞
就不能再落下去

（原载《读诗》2019年第4期）

散　漫

颜梅玖

我已经是第三次读卡佛了
“我不喜欢这个家伙，他太散漫了”
你丝毫也不掩饰对他的不屑
可是，我完全被其迷住了
他也失去了父亲。尤其谈到父亲
我就觉得老卡是个好男人
至于散漫，怎么说呢
前天傍晚，我脸色苍白地走过
人民医院，走过
灵桥路，天封塔，走过城隍庙
走过啊一个又一个公交站，地铁口……
我紧握着衣兜里的各种化验单
雨完全弄湿了我的大衣
我的褐色头发。那时候
我几乎不知道我要去哪儿

但是看起来我无拘无束
我走路的样子，我潦草的样子
也可以叫作散漫

（原载《诗探索·作品卷》2019 年第 1 辑）

幻　觉

颜梅玖

我凝视着
路对面的桑树，桑树下蜷缩的野猫
不，是枇杷树，枇杷树下的流浪狗？
接满雨水的石缸
不，是闪亮的锡皮桶？
海棠的一根枝，探向，已经凋谢的桃树
不，是梨树的一根枝丫倾压在杏树上？
雨点叮叮咚咚，敲打着铁皮雨棚
不，是鞋匠敲着越来越深的钉子？
我还能看清、听清什么？
不，我不抗辩
不，我只是我的幻觉

（原载《诗探索·作品卷》2019 年第 1 辑）

山　中

颜梅玖

雨停了，后来

雾大了起来，乳白色的雾气缓缓地
升腾着，群山若隐若现
我们沿着小径，继续走向深处
林中古树参天
古松连着银杏，楠木挨着秀竹
山樱像结伴而来的云霞，一片一片
歇停在山坡上
在我们的头顶，瀑布欢腾着
从悬崖落下来，在深渊中
有了规则的形状
在这里，万物都有自己的生存法则
蓝莓在静静地结果
野花儿在默默地开放
小径通向山顶，也通向湖边
蜥蜴卷着尾巴
机警地攀住草叶，等待纵身一跃
当我们行至山中心
万籁俱寂，古刹的钟声穿过树林
像光的到来

（原载《作家》2019年第8期）

停　顿

颜梅玖

漫长的阴雨过后
日子重新有了温度
小径笔直
像时间的直线，井然有序地

向前展开
枯叶在脚下嘎吱作响
两只黑鸟，迅疾地掠过头顶
我走到小路的尽头
又绕了回来
在那棵高大的桂花树前
不由自主停了下来
我想起那天
桂花树下的停顿——
那柔和的，生活中从未有过的
甜美气息

（原载《品位·浙江诗人》2019 年第 2 期）

纸做的村庄

余秀华

被夕光拉弯的黄昏，被黄昏摁低的人群
被村庄拉进的风，被风摁到地上的草木
被疾病收走的母亲
装着母亲冷下去的墓碑
它们锋利，纸背一样割着活着的人

被拆除的祖屋，被移走的神像
被新建的房子，被拖进房子的旧人
被玩来玩去的我的虚名
母亲的墓碑旁边没有我的墓地
纸币折叠，徒生缝隙

而秋风依旧吹拂着千亩良田
水稻，棉花，高粱，芝麻……
这些养活了人的庄稼啊
不管养活的是奴隶还是圣人
不管养活的是繁华还是荒芜

你给我村庄，不给我庙堂
你给我亲人，不给我幸福
你给我雨水，不给我河流
你给我的又苦又薄
风一吹就散

（原载《草堂》2019 年第 3 期）

风继续吹

余秀华

懒于提及命运了，抹掉下一个拐弯的标记
那些颠沛流离无法多重复一次：这不能对抗的虚无啊
只有苍山依旧，在黄昏的水面留一次倒影

而我爱的，一直有一种永恒的危险
在梦里看见的那些弯曲，与泯灭保持了恰好的警惕
也如这孤独，保持着对人世的谨慎

在风口翻开口袋，还有摇曳的半截蜡烛
该照亮什么由我选择了
但是我仅仅对它的火焰出神：这却不是我离去的方式

一些花还在开，如同谣言，也如同谎言

风如果吹不到我的伤口和痛楚
又何须一直吹

（原载《诗林》2019年第2期）

我已经没有珍贵的给你

余秀华

窗台上的绿萝长出了新叶子
照在它上面的夕光和昨天不一样
落在下面的阴影也和昨天的不一样
喝在嘴里的茶
和许多日子都不一样
你知道，我写过许多情诗
为那些等不到的回应
是的，有时候我也想给你写
比如这个时候：乡村如此沉寂
归鸟翅膀明亮
想起和你见面的丝丝缕缕
一个浪潮也能扑腾出火热的诗行
但是我捂住了它
如同捂住不敬

（原载《读诗》2019年第1期）

一夜都有凉风吹

余秀华

我的床上摆着两只枕头

一只朝北，一只朝东
早上我发现昨夜我在床上睡了一个圈
床上的几本书印满睡痕
写书的人，有的已经死了
有的还活着
有的在外国，有的在中国
有的没有国籍
死了的人把块垒放到活人的身上
当初我埋怨这张床太大
一个人睡着冷
如今我有这么多同床共枕的人
他们都拿出多余的小部分
在我床上
真正的部分还在世界上飘荡

（原载《读诗》2019年第1期）

谁会唤我的乳名

闫秀娟

船远了
她还在河堤边瞭着
没有呼喊没有招手
甚至没有风轻轻撩动
她的白发

挽发髻的老人
穿长大襟黑衣服的老人
站在那里一动不动

她不知道
我在不远处
也站了那么久
想等她转身
想看看她的面容

黄河边的母亲
站在那里
让我有一些激动
她的背影
让我想着一个声音
在一声一声唤我的乳名

（原载《诗探索》2019年第3辑）

红 纸 纸

闫秀娟

忘了母亲是掏什么了
掏出了那点儿红纸纸

忘了一共有几次
发现母亲裤兜里
什么也没装
就装一块儿红纸纸

很小很小胡乱折起来
比指甲盖大不了多少的

红纸纸
让我想了好多年了
都不知道母亲究竟
要那块儿红纸纸
做甚了

没怎么记得
母亲洗脸梳头换衣服
除了那件蓝涤卡上衣
（只有扣眼儿那 儿是蓝的
别处都有点褪色了）
也不记得母亲有什么衣服
而那块儿红纸纸
不知在当时算不算是
母亲的口红

这么多年了
我都没好意思把它说出来
再说母亲那时候还真的很年轻
再说我也没问

（原载《诗探索》2019年第3辑）

味　气

闫秀娟

就那么个土房子
就那么个年轻女老师
就那么几个年级

几个学生

老师背着个孩子摊玉米饼饼
把他们几个光身身的孩子
站在门上爱的
老师把饼饼夹成几半
分开来给他们吃了
他们走了一阵儿
还能闻见那个味气了
原弯回来站门上了
老师又给他们分开来吃了

拉骆驼的人说
几十年过去了
还记得那是他吃过的
最香最香的东西
就是那个味气
让他记住了那个老师
他还记得那个老师叫李维俊

那个人像是回到了过去
一个人慢慢说
李老师

啊啊，李老师
他还不知道我就是
李老师当年背上背的
那个孩子

（原载《诗探索》2019年第3辑）

地　头

闫秀娟

跟前放半篮篮枣
老人孩子婆姨女子坐着
那个穿军黄衣服的光棍老汉
不怕出丑
就扭就唱了

就剩那么几颗门牙了
黄黄的一点不整齐也不好看

他唱他想妹妹想得心慌了
树底下的婆姨女子
嘴掩也掩不住笑了

桃花正开着
地才刚刚开始犁上
几个孩子爬在榆树上

黄河不远
抬眼就看见了

（原载《诗探索》2019 年第 3 辑）

花　蝴　蝶

闫秀娟

山药开花花了

三姨姨不让我进地里逮蝴蝶
我坐在地畔畔上看了数蝴蝶了
有只花蝴蝶朝我飞过来了
落在我的花条绒鞋头头上
我一动不动也不敢出声
跟偷蝴蝶似的
我听见自己的心跳了
我可怕听见自己的心跳了

我可怕花蝴蝶也听见我的心跳了
我就怕它飞上走了气也不敢出
花蝴蝶在我的鞋头头上停了好一阵儿了
先动了一下翅膀膀又动了一下翅膀膀
我想说的话我知道不能说
我怕风吹过来我怕再有蝴蝶过来了
我要牢牢记住它上面的图案
我要挑尽四季的花色记住它上面的图案

现在它还在我的鞋头头上
谁也不要过来　谁也不要叫我
花蝴蝶偶尔动一下翅膀
我的心也跟上动一下
它比我想象的停在那儿的时间还长
我偷偷看它的眼睛就怕它看见我了
一只鸟儿飞过来了叫得那么厉害
花蝴蝶啊花蝴蝶
终于飞上走了
飞进另一个孩子的童年去了

（原载《诗探索》2019年第3辑）

哨　兵
——历史残片之六

扎西才让

屋子里，师嫂正袒露着半轮乳房哺育孩子，
她用余光安静地注视着你，那眼神温和又忧郁。

你目不斜视，但握着长枪的手心湿湿的，
高原的月光落在乡间小院，恰似不能追忆的往昔。

等她整理好了床铺，等她哄着了闹瞌睡的孩子，
等她吹熄了照亮过绿度母画像的煤油灯……

你这才完成了站哨的重任。你悄然离开了，
可是啊，她不曾看见你被风吹干的泪痕。

直到你在洮岷西战役中牺牲的那日，哦——
你的绿度母，她被一根小小的绣花针扎破了手指。

（原载《诗探索》2019年第1辑）

油画：土司家的二小姐
——历史残片之十二

扎西才让

土司家的二小姐在宝蓝色的长袍中
优雅地睡着了，完全放松的姿态令人着迷。

她的柔软的黑发与袍子连为一体，
小小的乳房，像极了一对来自汉地的瓷器。

她蜷缩了修长的肢体，浑圆的臀部
在午后的光照里有着灰暗的影子。
窗外，是流淌了几百年的桑多河的涛声，
确实像她死而复生的母亲的絮语。

我只是偶尔听说某个外国传教士
在藏王故里留下了这幅以她为主角的油画，
当初收藏画作的人，已于某次兵变中死去。

在追忆那段军阀混战的年代之际，
让我们把总统、军队和茶马都忽略了吧，
只端详她在宝蓝色绸缎下的高雅的睡姿。

（原载《诗探索》2019 年第 1 辑）

记一起街斗事件

扎西才让

桑多镇上，两个青年在做殊死搏斗。
一个流了鼻血，一个失了一块头皮。

旁边，有人握紧拳头，有人尖声惊叫，
有人忧心忡忡地拨打电话：灾难正在发生！

当两个青年拥抱着轻拍对方的后背时，
旁边的看客早就挤得人山人海。

当两个青年相互搀扶着离开时，
人们不愿散去，他们要在讨论中决出胜负。

小镇度过了一个不眠的夜晚，
孩子们上学的铃声，比平时迟响了半个时辰。

镇东寡妇的私情，也因此暴露在光天化日之下。
她的女儿，也在这个秋日，一下子就成熟了。

（原载《诗探索》2019年第1辑）

低　飞

张　毅

1960年秋天，故乡天空有一群鸟
它们趁着夜色往西北方向远行
姑姑，多年后
我终于听到你内心的鸣叫

姑姑是我们家的美人。那个秋天
姑姑坐上西去的火车
车厢里，她的视线逐渐模糊
那些年，祖父不停地抽烟
祖母在油灯下听我读信
那是姑姑几千公里之外的来信

姑姑有一年回来，带着几个土豆
和一身寒气。她的六个儿子是一群饿狼

我家的米迅速减少。母亲把菜板剁得山响
我看到姑姑的眼睛像一家破产的银行
她取出一个手镯对母亲说：
三妹，去换一些粮食吧

手镯是银质的，在木桌上发出
隐隐的响声，像月光落进草丛
我 1967 年去过兰州，火车朝西北方向行驶
太阳和月亮在车窗外交替着

姑姑晚年是孤独的
她常常说起家乡的一个草垛
一条街和一些陌生的人名

我多次梦见过一只鸟。它的翅膀被风折断
落在我家的屋顶上，绒羽闪烁
我无法说出那场风暴来自何处
就像我不能确定一个人的命运

（原载《诗探索》2019 年第 2 辑）

火　车

张　毅

那时我在读一本关于蒸汽机的书
玻璃模糊了我的眼睛
我看到火车的轮子在眼前飞速转动

我向外望去。鸟在飞翔

我不知道鸟在减速还是风在慢行
我不能确认眼前的景物谁在晃动
我不能确认火车带来的
是故乡月色还是北方的雪

一列火车在加速。一列火车
使黑夜缩短，在两次话语之间
一列火车让数字变成玫瑰
让月光提前抵达站台，在风暴和落日之前

一列火车在加速，天空被打开
道路两旁大雨如飞，河流苍茫着
许多事物在时光中愈加模糊

一列火车在不断加速，并且发出
轰鸣的声音。许多事物在时光中跑动
一个动词迅速将我的记忆覆盖

（原载《诗探索》2019年第2辑）

茫　然　书

张二棍

窗外哀乐，丝丝缕缕
越要拒绝，一些事物就会越清晰
仿佛每一件乐器，都是冲着我来的
仿佛我就是出席葬礼的人
却不知该向哪里参拜

禁不住，对着镜子
鞠了一躬

（原载《滇池》2019年第3期）

轻

张二棍

轻的，是月光落在羽毛上
轻的，是婴儿沉睡在臂弯里
轻的，是穷人的家里，进来一个
蹑手蹑脚的小偷。他轻轻推开门
看见一对盲人夫妇，刚从按摩店下班回来
在黑暗中，煮着一锅面条
他关门的声音，羞愧极了，轻极了

（原载《诗刊》2019年1月上半月刊）

圣　物

张二棍

多年前，也是这样骤雨初歇的黄昏
我曾在草丛中，捡拾过一枚遗落的龙鳞
我记得，它闪烁着金光，神圣又迷人
它有锋利的边缘，奇异的花纹
我闻到了，它不可说的气息
我摩挲着它。从手指，一阵阵传来
直抵心头的那种战栗。我知道，我还不配

把它带回人间。甚至此时，我都不配向你们
述说，我曾捡拾过一枚怎样的圣物
我又怎样慎重地，将它放回草丛。我目睹
一队浩荡的蚂蚁，用最隆重的仪式
托举着这如梦之物，消失于刹那

（原载《诗刊》2019年第1期上半月刊）

十　里　坡

张二棍

开心寨，纸桶坊，铁疙瘩坡……
为什么我对这些地名的来由，饶有兴趣？
污水横流的陋巷，为什么要叫作神仙碑？
史书上记载，十里坡“商贾云集”

而现在，只有几个枯槁的妇人
伏在垃圾山上，翻捡着
为什么那个最瘦的女人，要带着一个
更瘦的孩子。为什么她那么小
却有着那么多的力气

你看她，拖着一大包空酒瓶子
从一座垃圾山，向另一堆更高的爬
为什么，她那么不像一个孩子
却如同，一个扛着炸药，登山的壮士

（原载《滇池》2019年第3期）

谒弘一法师圆寂处

张巧慧

七十五年后。门虚掩
门口有泉州三院的搬迁公告
微热

晚清室，三间平房，玻璃碎片
荒芜处最常见的杂物间。
看不出，哪张是你临终闭目的床

悲欣交集
曾经的朱熹过化处，后来的弘一圆寂处
再后来的精神病院
“每次穿过住院部都听到咯咯的笑声”
“二楼铁窗后，有伸出的手”
这种描述

现在是空的。舍利塔和精神病院
都迁走了
屋前，熟透的杨桃落了一地

（原载《诗瞭望》2019 卷）

天　池

张巧慧

云雾中不能自拔的人，颤抖于高处之寒

但她还在执着

放下吧，回去吧
无非是群山之巅一个固泽
一个美的陷阱
昨夜他发来短信：梦见重回青春
在山冈携手望月，如此青涩，刻骨铭心

我们已老去多久？梦中的少年
与天池边裹着雨衣发抖的妇女

对美的占有
有些人不费吹灰之力
有些人却穷尽一生

（原载《浙东》2019年第4期）

废　墟

张巧慧

精神的废墟。哲学的废墟。文化的废墟。
坟墓，是人的废墟
照片，是光阴的废墟；记忆，是思念的废墟
语言是你的废墟。你是秩序的废墟
晚饭是日子的废墟，垃圾桶是生活的废墟
我是女儿的废墟
……我被废墟包围。掐断的牵牛花又开出一朵
浅蓝色的花。浅蓝色，是疼痛的废墟

（原载《诗探索》2019年第1辑）

咏　春　调

张执浩

我母亲从来没有穿过花衣服
这是不是意味着
她从来就没有快乐过？
春天来了，但是最后一个春天
我背着她从医院回家
在屋后的小路上
她曾附在我耳边幽幽地说道：
“儿啊，我死后一定不让你梦到我
免得你害怕。我很知足，我很幸福。”
十八年来，每当冬去春来
我都会想起那天下午
我背着不幸的母亲走
在开满鲜花的路上
一边走一边哭

（原载《诗刊》2019 年第 7 期上半月刊）

树叶走路的声音

张执浩

树叶在空中走动时
你不一定留心过
嫩绿是一步

枯黄是另外一步
你在树下来回奔波
直到一片叶子落下来
一树落叶在秋风中形成旋涡
你抬头时看见
天空已经发生了变化
从前长满树叶的枝丫上
落满了不知从哪里飞来的鸟
到了晚上，凌晨时分
大地上全是树叶的走动声
它们从树下跑到墙根下
它们集合又分散
多么像走投无路的人
走着走着
就消逝在了道路尽头

（原载《诗歌月刊》2019年第8期）

春天来人

张执浩

出门遇雨也不是坏事
有闲情想想去年此时
你身在哪里
如果去年此时也在下雨
不妨想想前年甚至
更遥远的过去
春雨总有停顿的间隙

你站在廊下看屋檐水
由粗变细，而河面由浊变清
远山迷蒙，裤管空洞
有人穿过雨帘走到跟前
甩一甩头发露出了
一张半生半熟的脸

（原载《读诗》2019 年第 1 期）

一团迷雾

张执浩

朋友发来大雾图
他不知道我尚在雾中
很多年了
我们只有面对面的能见度
甚至当我面对
那张挂满凝霜的脸
竟一次次误以为那不是我
不是那个踩着覆满小路的松针
在迷雾里打转的人
太阳在雾外冷眼旁观
那是我见过的
最红的太阳
烙铁一样不可描述

（原载《读诗》2019 年第 1 期）

抓一把硬币逛菜市

张执浩

每当活不下去的时候
我会立即起身
从鞋柜上的零钱罐里
抓起一把硬币
去菜市场闲逛
每当我叮当作响地
走在人群中，内心里
有一种无法抑制的快乐在涌动
这快乐近似于我小时候
摇晃着积攒的钱罐
站在榆钱树下等候货郎的身影
我在五颜六色的菜市摊旁
一遍又一遍走着
当硬币花光时
某种一文不名的满足感
让我看上去不是一般的幸福

（原载《读诗》2019年第1期）

草原上散布着牛羊

张洪波

曙色里河两岸草地即将泛黄

牛羊漫步。牧人身影长长
有一只羊凝望远方良久
是在想象吗？那不是往日归途
有微微轻霜降临泥沼
这些草原隐身者。可能是今年最后会餐
牛粪里探出一朵倔强鲜花
草原的结尾开始了。秋风追着侧身羊群
该如何反刍这连年日子？

（原载《诗刊》2019年4月上半月刊）

雪中寻绎

张洪波

雪花默默本极其寻常
堆积多了成寒冬中一场灾难
瑟瑟中，有鸮孤独默默在树枝上
它期待着夜晚来临，却不是为了捕食
而要在那黑夜中唱一声黎明

它忍受刺骨风疾，任雪不停覆盖
一动不动。正好思考一些事情
不知道它能坚持多久
雪越来越大。鸮渐渐朦胧

（原载《诗刊》2019年4月上半月刊）

疏　朗

张洪波

用诗歌还是用其他什么
自己欺骗自己
云里雾里，那些人们
在时间拐角处说出了什么？
一切与艺术有关而已
一路迷失之后，已经无法返回
河床枯萎。一个苍凉老人
在下游捡起自己，一块真实泥巴
没有水分。哪怕是落日潮湿
或者是皱纹纵横

（原载《诗刊》2019年4月上半月刊）

寂静草原

张洪波

两棵树一间小屋一个山包一块石头
树落了叶子石头露出面容
菜花黄了又在身后散去
马蹄远了在天边消失
草原越来越辽阔寞无声响
天暗。谁在梦中跃马扬鞭？

（原载《诗刊》2019年4月上半月刊）

寻隐者不遇

张常美

世界经常静寂无声
但一定有人在某处弹琴

如抚摩深秋的流水，他手指冰凉
甚至感受到了星辰的惊悸与坠落

空气破碎又弥合，他尽情演奏
忘了时间。直到太阳多余的黄金铸满肉身

（原载《朔风》2019 年第 3 期）

我身上肯定有神不满足的部分

张常美

随意的造物主啊，他不在乎我长得丑
大概也没有注意我灵魂上日渐加深的黑斑

他有足够的时间擦拭我
却遗忘了。直到每一条皱纹里长满污垢

一个懦弱的人，一生都不会向他讨要说法

作为神，只负责在我们忏悔的时候打盹

在春风扬起的时候打扫干净撒落的骨灰

（原载《诗探索》2019年第4辑）

归　　去

张常美

那列火车，是我做过的最长的梦了
一节拖着一节，铁命令铁
掠过一个又一个异乡
咣当声敲打着茫茫黑夜的四壁

有时，陌生反而会让时间缓慢下来
像是对我的安慰。这个孩子
永远会迟一点抵达
乌云的故乡。雨在耐心等我拖着行李箱里的闷雷

下车。穿过长长的田埂
有人要从这里远行
她脱下身上的雨披，递给我
才看清亲人湿漉漉的脸和干燥的双眼

（原载《诗探索》2019年第4辑）

在小酒吧

张静雯

桌子都空着，没几个人
小桌灯染出暗黄光晕

烟嗓歌手，低声吟唱
眯着眼睛，唱给自己听

酒保擦着杯子
一个女人坐在他对面
面前摆着半杯酒
她什么也没有做
我也坐在这儿
在低沉的歌声中有些伤感

我应该是丢了点什么东西
却实在想不起到底是什么

我只知道那是遍寻不着的

（原载《诗探索》2019年第4辑）

暮　晚

张静雯

天越来越晚时
公园里越来越静
野鸭滑行在水面
柳叶飘落长椅

一对情侣抽了一支烟
一个摄影爱好者拍了一会儿照片
一个女人打电话，抽泣着
一对中年夫妻看着湖水，拉家常

现在他们都走了
几枚柳叶占据地盘
过一会儿，我也要走了

草木，石头，湖心的船，万年松
目送着客人
我也将带走我带来的一切

（原载《诗探索》2019 年第 4 辑）

一枚太阳胸针，从胸襟上滑落

周 簌

在共有的悬崖和穷途末路
你是我寂静的山河
镀上一层淡淡的箔金
蛇在枯叶上爬行
一如我们征服这座高峰的耐心
一只长尾燕在断崖上空
在隐形的轻轨上，缓缓驾驶

而后立在一棵楮树上小憩
它乌黑的眼珠怔怔地盯着
静默燃烧夕光
两具灰烬，已五分彼此

一枚太阳胸针，从胸襟上滑落
面前的远山松弛了下来

（原载《山东文学》2019 年第 8 期）

麻　雀

周　簌

两只灰扑扑的麻雀在雨中低飞
在透亮的雨丝中
两把剪刀一样，剪——
那些愁结和乱如麻。我听见一位女子
坐在江边撕丝帛的声音
听见一滴雨水
狠狠砸进一枝桃花心里

我的丝帛和香气，都为你用尽了
我们用半生之久，学会爱
又半生之久，用来道别
两只麻雀，瘦弱。狼狈不堪
在半空比翼飞了片刻
转而背向疾飞，一只投入小树林

一只，在一丈白绫的水面
久久徘徊

（原载《作品》2019 年第 5 期）

秋　日

周　簌

两个年龄相仿的孩童

搂着彼此的肩脖，贴着小脸
一个在另一个的耳边窃窃私语
他们在秋天的树下，互为安慰
栾树的每个枝丫向天空
悬举着一串风铃似的花朵
秋风起，众叶一片喧哗
白云在天上像游荡的孤儿
白云之下，栾树花梢有褐红滴落
在这润朗的秋天，我想过你
并不能给我安慰

（原载《山东文学》2019年第8期）

在浅山茶馆

周 簌

一壶乌龙茶喝到微醺
珠帘背后不见邻家小碧玉
临江的挑窗下，一声船桿荡了出去
乌篷船已摇过三两只

日色很慢，千年不过一瞬
在此倾倒我们苍凉又短暂的一生
站立在斑驳的木门下
我怯怯地扣响门环
你摇着蒲扇从小镇上醉酒归来

（原载《草堂》2019年第7期）

群山怎样隐没在星群之中

赵亚东

在太行山中，我把腕上的手表扔进悬崖
一点回声也没有。时间，有时也如此懦弱
粉身碎骨时，来不及为自己辩解

刀光剑影，朝代更迭，群山移步换形
我们刚刚经过的山峰转瞬间就消失了踪影
月亮缓缓升起，不屑于我们苍白的面孔

唯有山下的一户人家，两个老人，凝神静坐
千年的轮回悉数写进他们额头的皱纹
我们深谙人世全部的秘密，却抵不过他们

轻轻合上的眼睑，手指微微一动
群山就隐没在浩渺的星群之中

（原载《诗刊》2019年5月上半月刊）

丢失的马匹独自返回家中

赵亚东

我们在起伏的山冈上割草，绿色的草浆

在刀背上流淌。远处的河流闪着谦逊的光芒

刚好照亮了父亲的刀锋

的确是最好的时辰，当我们把青草运回家中
丢失的马匹独自回到长满向日葵的院落
它曾走过一条幽暗的林中小路，绕过山岗上的枯坟

现在它嚼着新铡的夜草，牙齿间发出深沉的回响
那是世间最动听的声音……
我的母亲，此刻守在它身旁，不停地哭

（原载《扬子江》2019年第1期）

悲恸海

祝立根

每天，我都像所有的溺水者那样
成为它的一部分
一声哽咽，挣扎的
一朵浪花，每天，我都会在那儿
捧水洗脸，往那儿归还身体里的涛声
如果此刻我站在你的面前
那我一定是一只装满了波涛的器皿
如果你问我我是谁
就请看看海吧，它就是我
——具体的、放大了的一生

（原载《诗刊》2019年1月上半月刊）

水边述怀

祝立根

起伏的荒草，来到了铁皮船的梦中
流水送回的，一只鞋子
弄丢了自己心爱的人
我不能再追问它们了
都是些孤独的，可怜的事物
在人间，谁又不是身上刻满了波涛的刀痕？
那些回到岸上的尚泳者
紧裹着蓝条纹的毛巾
那些封存于群山的鱼骨，咧着嘴
胸前的肋骨，又被石头挤断了几根
我也用不着再端详我自己，身后的
一根根芦苇，它们还在努力地开花
可谁不能看出呢，那只是它细小的身体里
喷涌而出的，白茫茫的浪花

（原载《诗刊》2019 年 1 月上半月刊）

在夜郎谷兼寄贵州兄弟

祝立根

瀑布是青山的白发，青山老了
白花茅是一堆堆乱石的白发，石头
也老了。我一直在等一个这样的下午呀
身体里的黑，被一根根白发照亮

就像今天，在一个蕞尔小国，想象中的
废墟或墓地里，我目光短浅
像一个婴儿，像一个白发丛中的
倒垮下来的石头的雕像

（原载《诗探索》2019年第2辑）

夙　愿

祝立根

站在怒江边上，我一定羡慕过一只水鸟
贴着波涛的飞翔。
离开故乡我穿过了怒江
回到故乡，同样需要。
有过一次，在怒江的吊桥上我反复地
走去又走来，反复地
穿过怒江，迷恋着脚下的波涛和胸中
慢慢长出迎风羽毛
那是一个灵魂出窍的黄昏
滔滔江水就像朝圣者，手捧着烛光
仪式般的行走一直持续到了我的梦中
那天晚上，在江边旅馆
我一再梦见一只水鸟，在辽阔的江面上
飞翔，像在寻找着什么，又似乎一无所求。

（原载《诗探索》2019年第2辑）

图书在版编目（CIP）数据

2019中国年度作品．诗歌 / 中国当代文学研究会诗歌委员会选编；林莽主编．—北京：现代出版社，2020.4

ISBN 978-7-5143-8320-1

Ⅰ．①2… Ⅱ．①中… ②林… Ⅲ．①中国文学—当代文学—作品综合集 ②诗集—中国—当代 Ⅳ．①I217.1

中国版本图书馆CIP数据核字（2020）第034164号

2019中国年度作品．诗歌

主　　编：林　莽
选　　编：中国当代文学研究会诗歌委员会
组稿编辑：庞俭克
责任编辑：曾雪梅
出版发行：现代出版社
通信地址：北京市安定门外安华里504号
邮政编码：100011
电　　话：010-64267325　010-64245264（兼传真）
网　　址：www.1980xd.com
电子邮箱：xiandai@vip.sina.com
印　　刷：三河市宏盛印务有限公司

开　　本：710mm×960mm　1/16　　印　　张：19
版　　次：2020年4月第1版　　印　　次：2020年4月第1次印刷
字　　数：228千字
书　　号：ISBN 978-7-5143-8320-1
定　　价：45.00元